火の女 シャトレ侯爵夫人

18世紀フランス、希代の科学者の生涯

辻由美

新評論

知と恋と遊を紡いで18世紀を飛翔した女　エミリ・デュ・シャトレに捧ぐ

プロローグ　シレー城への旅——一九九八年九月

列車が動きはじめ、パリ東駅を出ると、夜はほとんど明けていた。白い靄のような雲の切れ目から、淡いブルーがのぞいている。

東へむかって一時間も走ると、広大な畑地や、木立に埋もれた赤いレンガの屋根がつぎつぎに通りすぎてゆき、もうすっかり農村の風景だ。いつのまにか車窓には明るい陽光が射しこんでおり、前日の雨が嘘のように、青空が広がっていた。

やがて、シャンパン酒の生産で知られるシャンパーニュ地方に入り、パリを出てから二時間半ほどで、バール・シュル・オーブという小さな町に着く。降車した乗客はわたしも含めて三人だけ、駅員はたった一人で、野原の真ん中に無造作にたっているといった感じの駅だった。

シレー城はその二十三キロほど先、バスなど無論あろうはずがなく、唯一の交通手段はタクシーだ。駅の近くの小さなカフェ・レストランに入って、エスプレッソを注文し、ついでにタクシーを呼んでもらう。車中で運転手が話してくれたのだが、夫婦ふたりで経営しているタクシー会社で、車はたったの一台、ときには、急病人をパリまではこぶ救急車の役割も果たすという。

よい天気にめぐまれ、シレー城までの行程ではすばらしい風景が楽しめた。道はゆったりと上下し、その両側には、刈り入れが終わったばかりの麦畑や、収穫まぢかのブドウ畑が広がり、彼方には、森や木立やなだらかに連なる丘陵がどこまでもつづいている。

やがて広大な森林の中に入ってゆき、家がまばらにあるだけの小さな村を三つこえると、

18世紀の歴史を語るシレー城

シレー村に入る。人口わずか百人ほどの寒村だ。ひっそりと寄り添うようにたつ古びた民家の家並を通りぬけ、風格ある大きな鉄格子の門の前でタクシーが止まる。降りて、一瞬、エッと思った。目の前は少し小高くなった広大な緑地といった感じで、城が見えない。波うつ丘の起伏に隠されてしまっていたのだ。

小道を登ってゆき、城が姿をあらわしたとき、わたしは驚きを禁じえなかった。あの有名なシレー城が、こんなに小さな城だったのか！

概観は、挿絵や写真で見慣れていたとおりなのだが、自分で勝手に頭にえがいていた威風堂々とした建造物とはほど遠い、まるでおとぎ話にでてくるような可愛らしいお城なのだ。だが、それは最初の印象だけで、城内に入ると、粛とした心持ちを誘う何かがあった。

年月を感じさせるずっしりとした重みが、わたしを二百五十年あまり前の世界にいざなう。フランス随一の女科学者シャトレ侯爵夫人が、権力に追われる愛人ヴォルテールをかくまったのが、このシレー城だった。こんな僻地のこんな小さな城が、ふたりの愛人の共同生活によって、ヨーロッパにおける知のセンターのひとつとなったのだった。

第一章　シレー城の愛

辺境の古城

馬車がとまって、軽快な足どりで降りてきたのは、シャトレ侯爵夫人であった。

「エミリ！　やっぱりきてくださったのですね！」

少し息をきらせながら駆けよってくるヴォルテールの腕の中に、彼女はとびこんだ。

「道がひどくって、昨夜から一睡もしていないの。とってもくたびれたわ」

そう言うエミリの声は明るくはずみ、晴れやかな笑みをたたえた顔には、疲労の色などどこにもない。

この荒れはてたシレー城に、ふいに大輪の花がひらいたかのようであった。

短い秋の日はとっぷりと暮れていた。

ひび割れた壁や、崩れかけた石段が闇におおわれるとき、古城はその表情を変えて、なにか神秘の空気のようなものを漂わせる。淡い月光に黒々とうかびあがる四方の森は、太陽のもとで見るのとは違って、ぐんと近くに迫り、俗界から隔絶された夢幻の世界を現出

シャトレ侯爵夫人（Marquise du Châtelet, Gabrielle–Émilie Le Tonnelier de Breteuil　1706~49）

させるのだ。

樹木も建物もしんとした夜の冷気に包みこまれ、この静寂を僅かにゆさぶるのは、ときおり森林の奥からかすかに聞こえてくる夜鳥とも小獣とも聞き分けのつかない鳴き声だけであった。

ヴェルサイユの宮廷で遊びに浮かれ、華やかで騒々しいパリの社交界をとびまわっていたシャトレ侯爵夫人が、ヴォルテールに会うために、乗り心地の悪い馬車にゆられ、人家もまばらな辺境の、半ば廃屋と化したこの小さなシレー城にやってきたのだ。

パリできらびやかに着飾ったエミリを見慣れていたヴォルテールの目には、装飾品をまったく身につけていない彼女の姿は、新鮮で美しかった。濃いブルネットのたっぷりした髪は無造作にゆいあげられて、ほつれ毛がうなじに揺れ、晩秋の夜気が化粧っけのない肌をバラ色に染めている。くっきりと力強い孤をえがく濃い眉の下のきらきらとした大きな目は、常にもまして生気をおびて輝いている。

シャトレ侯爵夫人は、この十八世紀前半のフランスにおいて、数学・物理学と形而上学のしっかりとした深い学識を身につけていた唯一の女であった。外国語にも堪能で、ラテン語、イタリア語、英語に通じ、とくにラテン語力にかんしては、同時代のフランスの科学者で、彼女の右に出る者はおそらくいなかったであろう。

その自由奔放さにおいても、エミリは型破りの女であった。学問に専念するのと同じ熱心さで享楽にひたり、研究にそそぐのと同じ情熱で恋におちいり、社交界にゴシップの種をまいてきた。並外れたエネルギーと集中力をもつエミリは、何事もほどほどにしておくことを知らない。

着飾ることでも、しばしば度がすぎる。きりっとした長身、爽やかな風を起こすような大胆な歩調、そんな姿に似つかわしくない過剰なおしゃれをしたものだった。

腕にも胸元にもスカートにも、ダイヤモンドだの宝石だのリボンだの房飾り《ポンポン》だの、あらゆる装飾品をふんだんにちりばめるのが、彼女の流儀だった。それは、彼女を愛するヴォルテールをさえ時には苦笑させ、洗練されたエレガンスを誇る社交界の貴婦人の冷笑をかった。けれど、他人が自分に向ける冷やかな視線などにまるで頓着しないところもまた、エミリのエミリらしいところだった。

だが、今夜シレー城を訪れたエミリはまったく違っている。華美な装飾品がすべて取り去られたとき、彼女の内なる知性と活力と、自由な精神の中に秘められていた優美が、ふいに表出するかのようであった。

「あら、わたしの荷物はもう着いていたのね！　うれしいわ！」

エミリは少女のように喚声をあげる。

二百個はあるだろうか、彼女の到着の少し前に馬車で運ばれてきた大小さまざまな荷物が、ガランとした城の入り口に積み上げられている。

やせぎすで少々ごつごつしたヴォルテールの顔が、眩しげにエミリを見つめるとき、やわらかに和む。

「きょうは、あなたに一杯くわされましたよ。夕方にお手紙が届いて、とうぶん来られないと書いてあったので、じつは少々落胆しました。ところが、ついさきほど、あなたの荷物を積んだ馬車がやってきて、もしかしたらと思って待っていたのです。人をかつぐのがお好きなのですね」

ヴォルテールは、彼女がその決意を一転させ二転させて、さんざん逡巡したあげく、このシレー城にやってきたことを、ちゃんと見抜いていた。彼女の心には、まだあの男が住みつづけていることも。しかし、そのことについては、一言も触れなかった。とにかく、エミリはきてくれた、それだけで十分であった。

逃亡者ヴォルテール

シレー城は、ほかでもない、エミリの夫シャトレ侯爵の所領である。

ここに、ヴォルテールは五か月ほど前から身を潜めていた。当代きっての劇作家で、その芝居がパリじゅうの人気を集めているような男が、この片田舎の城にやってきたのは、逃亡者としてであった。

鋭い舌鋒でフランスを批判した彼の著作が権力者たちの逆鱗にふれ、王印の捺された逮捕状が出されていたのである。

シレーは、パリの東南二百五十キロほど、深々と樹木が生い茂る丘陵にかこまれ、人家は二十軒あるかないかという小さな村落だ。すぐ目と鼻の先は、当時まだフランスに属していなかったロレーヌ公国、文字どおり辺境の地である。

村自体がゆるやかに波うつ小さな丘であり、その斜面に建つのがシレー城、そこからさらに二キロほど登ると、もう鬱蒼とした森の中で、シカが走りまわりオオカミが出没する。その麓をゆったりと流れるブレーズ川は、牧場やブドウ畑を潤しながら丘陵地帯を蛇行し、シャンパーニュ地方の色彩ゆたかな景観をかたちづくっている。

十八世紀フランスには、すでに都市と都市をむすぶ立派な馬車道が縦横にはしっていたが、シレーはそうした幹線からはずれていて、ここに来るには、狭いでこぼこ道を長いこと馬車に揺られなければならない。

シレー城は、もとをたどれば、十二世紀に建設された城塞だが、名門貴族シャトレ家の所有となったのは、十五世紀のことである。

十六世紀、新教徒と旧教徒を激しく対立させフランス全土を荒廃させた宗教戦争の際に、ほかの多くの城と同じようにシレー城もひどい破損をうけ、さらに次の世紀、封建領主たちの反乱を抑えこむために彼らの城塞をつぎつぎに攻撃したルイ十三世の政策により、完璧に破壊されてしまった。

その後、シレー城は再建されるのだが、シャトレ家の資金不足のため、未完成のまま工事は中断された。

一七三四年五月、ヴォルテールがここに避難してきたとき、城に属する農園に鶏を飼い作物を生産する農民が住んでいるだけで、居城する者はなく、城は荒れ放題だった。到着するや、彼は大勢の石工や大工を雇って、精力的に改修工事にとりくみ、その費用はぜんぶ自分で負担した。輝かしい系譜をもつ貴族といっても台所事情の苦しいシャトレ家とちがって、ブルジョア出身の人気作家ヴォルテールには財力があった。

ヴォルテール（Voltaire，本名 François–Marie Arouet　1694~1778）

けれど、シレー城の改築にそれだけの金をつぎこむことを彼が少しも惜しまなかったのは、愛するシャトレ侯爵夫人、エミリのためだった。彼女がこの城での隠遁生活の伴侶となってくれると信じていたからだ。

ヴォルテールは、悲劇『ザイール』などの大ヒットで押しも押されもせぬ名声を確立していて、洒落やぴりっとした皮肉でサロンに集まる人びとを楽しませる才にもたけていたが、他方では、不穏当な言説で物議をかもし、よく敵をつくったものだった。

現在、ヴォルテールは十八世紀を代表する思想家のひとりとしてよく知られているが、売れっ子劇作家としての側面は、どちらかといえば、忘れられている。彼の作品の息の長さは驚異的で、パリでもっとも名高い劇場コメディー・フランセーズにおいて、一七一八年から一九六六年までの二四八年間に、合計三九九八回上演されている。年平均にすると、約十六回である。

辛辣で機知にとんだ諷刺精神でもって、権力を足げにしては、彼はしばしば自分の身を危険にさらした。二十三歳、まだ無名の詩人だったころ、ときの権力者、摂政オルレアン公を嘲弄する詩を書いて、バスティーユ牢獄に放りこまれた。

だが、そんな騒動が、彼の文名をあげるのに一役かったのも確かだ。バスティーユに入獄するのは、不始末をしでかした貴族や、政治・思想犯などだが、それは社会的にさほど不名誉なことではなかった。

バスティーユといえば、もっぱら、民衆によるこの牢獄の襲撃がフランス革命の発端になったことで知られているので、恐ろしいイメージを喚起しがちだが、じつは、旧体制《アンシアン・レジーム》下のフランスでは格別に「待遇のよい」獄舎であった。

それぞれの独房は明るくて、暖房もあり、自宅からベッドやソファーや絵画や置物を運びこんで房内を飾ることもでき、書物の持ちこみについては検閲さえなかった。食事にはワインやデザートもつき、囚人どうしがお互いに相手の房を訪問しあったり、集まってゲームに興じたりすることもできた。獄中で恋が生まれることもあった。

若い時代にさんざん筆禍をおこしたヴォルテールも、もう四十歳を目前にしていた。だが、若造の無鉄砲さはこの歳になっても抜けず、彼の名声はつねに危険と背中あわせだった。

今回、災難をもたらしたのは、彼がフランス社会に突きつけた糾弾の書、『哲学書簡』(別名『イギリス書簡』)である。イギリス見聞記というかたちで、政治・経済・科学のあらゆる分野においてイギリスをたたえ、返す刀でフランスに峻烈な批判をあびせた著作。

後述するように、当初、ヴォルテールはこの本を英語で書いた。フランス人にとって言語道断なこの著作も、海の向こうのロンドンで出版するというだけなら、別に問題はない。が、もしフランスで出されたなら、ただではすまされないことは自明の理であった。けれど、売れることが確実なこの本の出版に、フランス西部ルーアンの印刷業者ジョールが非常に乗り気だった。ヴォルテールはひそかにフランス語版を準備していたが、刊行を急ぐ気持ちと、軽はずみな真似はできないという思いが交錯し、曖昧な態度をとっていた。

事件が起こったのは、一七三四年四月、彼がシャトレ夫人とともにフランス東部のモンジューという田舎町に滞在していたときであった。印刷業者ジョールが、フランス語版をヴォルテールの同意なしに、出版許可も得ないまま、地下文書として流してしまったのだ。禁断の木の実が食欲をそそるのは世の常で、この不穏当な本は極秘のうちにパリに持ち込まれたにもかかわらず、新奇なものなら何にでもとびつく社交界にたちまちにして広がって、大評判になった。

フランスをあざけり、その社会制度を酷評し、その科学や思想や宗教を侮辱する内容は、時の大法官ショーヴランを激怒させた。パリ高等法院は、この本を焚書にすることを決定、ヴォルテールに逮捕状が出された。

さいわいにして、ヴォルテールの出身校だったパリ随一の名門、ルイ・ル・グラン校でともに学んだダルジャンタル伯爵が、高等法院議員だった。演劇を愛し、ヴォルテールに対して特別の友情をいだいている男である。

このダルジャンタル伯が友人を救うために密かに情報を流してくれ、おかげでヴォルテールは、自分に対して王印の捺された令状が出されようとしていることを、タイムリーにキャッチした。

一刻の猶予もなかった。どうすべきか、ともかくも、牢獄よりは国外亡命のほうがましだ。

「オランダかスイスに逃げることを考えています……」

そう打ち明けるヴォルテールの言葉を、エミリはさえぎった。

「シレーのお城にいらっしゃいよ！」

思いもよらなかった提案に、彼は意表をつかれてエミリの顔をみつめた。

シレー城は、当時独立公国だったロレーヌとの境に位置していて、危険がせまれば、す

シレー城（フランス東部シャンパーニュ地方、ロレーヌ公国との国境近くに位置する）

ぐに国境を越えられる。周囲は森、いちばん近い宿駅は、シレーの北方二十三キロのヴァシー。追っ手がきたとしても、かわす余裕は十分にあり、たしかに理想的な避難場所だ。

窮地にある自分に、愛する女が差しのべた救いの手であったが、ヴォルテールは一瞬ちゅうちょした。

「すぐに発って！　夫には話しておきます。わたしのほうは、パリに帰ったら、しばらく様子を探って、そのあとシレーに合流するわ」

この「シレーに合流する」という彼女の言葉で、ヴォルテールの心は決まった。辺境の地での隠遁生活も、シャトレ夫人と一緒ならば、苦痛でもなんでもない。シレー城で彼女とともに仕事と学究の生活をおくるのだという展望は、逃亡者をみちびく灯火であった。

一七三四年五月六日の未明、ヴォルテールは馬車に乗って出発した。見送ったのは、エミリだけであった。

「いいこと、目的地がシレーだということは、ぜったい誰にも言わないでくださいね。いつどこから漏れるかわからないのよ」

親しい友人たちにも、ヴォルテールはロレーヌ公国まで湯治にでかけることにしておいた。痩身の彼は体があまり丈夫でなく、よく体調をくずすので、そう言えば、誰でもごく自然にうけとるだろう。

遠ざかってゆく馬車をみつめるエミリの目から涙があふれた。彼女は胸苦しさに立っているのがようやくだった。ヴォルテールに対する気持ちが、愛なのか友情なのか、自分でもよくわからずにいた。けれど、ただの友情がこれほどの胸の痛みを感じさせるだろうか。

迷い

エミリの心は、ふたりの男のあいだを揺れうごいていた。

もうひとりの男は、彼女の数学の教師モーペルチュイ。十八世紀フランスを代表する数学者・天文学者として科学史に名を残した人物である。

皮肉なことに、エミリに、数学の教師としてモーペルチュイを紹介したのは、ヴォルテール自身だった。ヴォルテールという愛人がいながら、彼女は、頭脳明晰で権威にこびないこの青年数学者の強烈な魅力にひきつけられた。モーペルチュイは、自分に好意をよせる知性あふれる若い女を拒絶するほど無粋な男ではなかった。

しかしいかんせん、彼はひとりの女に拘束されることを嫌う天性のプレイボーイ。エミリの数学の才に一目おきながらも、その激しすぎる恋情が、たちまちにして鬱陶しいものになった。モーペルチュイはエミリに対して距離をおきはじめ、いっぽう、彼女のほうはますます彼に夢中になった。

だが、ヴォルテールのエミリに対する気持ちは本心からのものだった。彼が彼女にみていたのは、心底信頼でき、共通の価値観を分かちあえる知的伴侶である。けれど、ヴォルテールの穏やかな愛は、魂も肉体も焼きつくすような恋をもとめるエミリには物足りなく、自分を心から愛してくれる男よりも、恋はアヴァンチュールでしかないと思っているような男に強くひかれてしまうのであった。

しかし、この突然の別離は、ヴォルテールという男がどれほど深く心の中に入りこんでいるかを、エミリに気づかせた。二人のあいだにはすでに強い絆がつくられていたのだ。

彼の体質の弱さも、心配の種だった。温かい季節のあいだは大丈夫だろう、けれど、もし逃亡生活が冬にかかってしまったら、あの身体で、厳しいシレーの寒さに耐えることができるだろうか。

数学者・天文学者モーペルチュイ（Pierre Louis Moreau de Maupertuis　1698~1759）

エミリは宮廷やサロンに顔を出して、噂話に耳を傾け、精力的にあちこち駆けずりまわって探りをいれた。大臣も司法官たちも激怒していて、令状の撤回などする様子はまったくなく、ヴォルテールの国外追放という話まで出ていた。万一そうなったら、おそらくは長い年月フランスに帰ってこられないだろう。

ひとりでシレー城に潜伏するヴォルテールのことを考えると、エミリは不安で胸がいっぱいになる。

けれど、だからといって、モーペルチュイへの想いが吹っ切れたわけではなかった。彼女はモーペルチュイに手紙を書いて、ヴォルテールとの別離の悲しみをうったえるのだが、結局、その慰めをモーペルチュイにもとめていた。

ヴォルテールとの約束に反して、エミリは、なかなかシレー城に駆けつけようとしなかった。パリにとどまって、当局の動静をさぐるという目的があったことは確かだが、モーペルチュイの近くにいたいという気持ちも強くはたらいていた。

宮廷やパリの社交界への執着もあった。

実際、十八世紀フランスの貴族にとって、田園生活は詩的なものでもなんでもなかった。輝く太陽を紋章とし、太陽王と呼ばれたあのルイ十四世は、貴族の反乱を防ぐために、有力な領主たちを彼らの所領から切り離し、ヴェルサイユの宮廷に召しかかえた。二千から三千人の貴族たちが、この壮麗な宮殿で寝食し、国王のお供をして、パーティーやディナーや狩や散歩に参加した。ヴェルサイユ宮殿は、金や銀の飾り紐をつけた一万人の騎士たちに守られていた。

いったん宮廷での華やかな生活を味わってしまった貴族たちは、田舎を軽蔑するようになる。ルイ十四世は、エミリが九歳のとき逝去し、その後、オルレアン公による摂政時代を経てルイ十五世が即位するのだが、この時代になると、宮廷人たちはヴェルサイユよりも自由なパリに遊興を求める傾向が強くなる。サロンだの、芝居やオペラや音楽会だの、舞踏会だの、ギャンブルだの、パリにはありとあらゆる楽しみがあった。

十八世紀も末ちかくになると、ルソーなどによるロマンチシズムの影響もあって、自然への憧憬がうまれるのだが、シャトレ夫人が生きた十八世紀前半には、パリで生活する者にとって、田舎は退屈きわまりないところだった。

シャトレ夫人は、その才知《エスプリ》ときびきびした快活さとでサロンの会話をもりあげ、オペラや芝居に熱中し、ギャンブルにいたっては、いったんはじめると大金をすっても止められないほど没入した。パリを去りがたいもうひとつの理由は、ここにあった。

そうした点では、エミリは、時代のごく当たり前の感受性を持っていたわけである。

シレー城のヴォルテールのもとに行くということは、パリの楽しみを捨てて、ひたすら学究に明け暮れる生活に入る、ということを意味していた。これに対して、モーペルチュイへの思慕の念は、華やかな社交界への執着とむすびついていた。

ヴォルテールかモーペルチュイか、その選択は、学問か快楽かの選択でもあった。エミリにとって、そのどちらもなくてはならないもの、というより、両者は渾然一体となっていた。彼女が優柔不断におちいっていたのも、納得できる。


いっぽう、ヴォルテールのほうは、その態度に曖昧さはなかった。

シレーにやってきたとき、城は半ば崩れかけ、あちこちの隙間から風が吹きぬけるような状態にあった。だが、彼はこの場所が気に入った。じつは、以前から、執筆活動に専念できる田舎の家がほしいと思っていたのだ。

この城だ！　改修すればきっと居心地のよい住処になる！

まだ二十七歳のシャトレ夫人とちがって、四十路をむかえようとしているヴォルテールの目には、パリは華やかさより、軽薄さのほうが目立つ場所でしかなく、権力との摩擦が絶えない生活にいささか疲れを感じはじめていたこともある。

ヴォルテールのシレー城への逃亡は、余儀なくされたものには違いなかった。しかし、この辺境の地での暮らしも、エミリと共にできるのなら、それはまったく別のものになる。世間の喧騒から遠く離れたところで、この知性ゆたかな若い女と同じ関心を分かち合い、創作と学究の生活ができるとすれば、どんなにすばらしいだろうか。

彼女にここでの生活を受け入れさせるためにも、この城をぜひとも魅力あるものにしなければならない。

シレー城は、北側と南側の二つの建物からなっていた。北側のほうは一応かたちを保っていたが、南側のほうは未完成のまま放置されていたため、長い年月雨風にさらされて、ほとんど廃屋と化していた。

ヴォルテールはこの二つの建物を回廊でつなぐことにし、石工や大工たちを指揮して、古い仕切りをとりはらい、ドアを塞がせた。その回廊には、暖炉や書棚やテーブルや椅子を配置し、仕事場としても使えて、客人があったときのディナーの場にもなるようなスペースにするつもりだ。

さらに、エミリのための部屋と自分が使う予定の部屋の設計や、庭の設計をしなければならないし、馬車置き場をつくり、よろい戸をとりつけ、城門から建物の扉までの、長く傾斜する小道を整備することも必要だ。

ヴォルテールは急いでいた。冬がくるまでに、この城を住むことのできる場所にしておかなければならない。

だが、エミリは、せっせと手紙は書いてくるものの、いっこうにパリを離れる様子をみせない。彼がシレー城にやってきたのは五月だったが、夏はとうにすぎ、秋も深まっていった。

十月二十日、夕方、彼女からの手紙が届いて、「とうぶんは行かれそうにありません」と書いてあり、さすがのヴォルテールもいささか気落ちしていた。ところが、太陽が森の彼方に隠れ、薄い闇がたちこめはじめたころ、彼女の荷物を山積みにした馬車がシレー城に到着した。

「こんなに沢山の荷物を送ってきたところをみると、もしかしたら……」、期待がヴォルテールの頭をよぎった。

シレー城は小高い丘の斜面にたっていて見晴らしがよく、外来者の姿を遠くからみとめることができる。秋の日は暮れるのがはやく、すでに闇があたりをすっぽりと包みこんでいたが、ヴォルテールは城の高みに登ると、じりじりする気持ちを抑えながら、パリの方角をみすえた。

どのくらいたっただろうか、小さな灯の点が樹木のあいだで揺れ動いているのが目に入った。灯は次第に大きくなり、こちらに近づいてくる。

「馬車だ！」ヴォルテールは大急ぎで階段を駆け降りて外にとびだすと、門までの長い道を懸命に走った。

そして、晴れやかな笑顔を浮かべて馬車から降りてくるシャトレ夫人を出迎えることができたのであった。

パリの誘惑

翌朝から、エミリはさっそく城の改修工事の主導権をとった。いったん何かに乗り出すと、彼女はすばやく決断して、間髪を入れず行動にうつす。ヴォルテールの設計にはたちまちにして変更がくわえられた。彼が予定していたのとは別の箇所にドアがつけられ、階段にするはずだった場所は窓に、窓を予定していたところは階段にされることになった。彼が植えるつもりだった楡の木は菩提樹に変えられた。

自分の設計がそんなふうにさっさと変えられてゆくのを、ヴォルテールはおもしろがった。てきぱきとイニシアティブを発揮するときの彼女の快活な態度には、有無を言わせない専制的なものがある。

ふたつの建物をつなぐ回廊はすでにほぼ完成していたが、椅子がふたつ置いてあるだけで、石材や木材が散在していて、足の踏み場もない。そんなゴタゴタの中に、エミリの陽気な笑い声がひびく。

彼女の存在は、いっきょに工事を加速させた。殺風景な寝室にはまだ家具も置かれていないし、ベッドにはりめぐらすカーテンもついていないが、厳寒のシレーの冬を乗り切るのに十分な居住空間はどうやら確保されつつあった。

けれど、エミリはこの片田舎の城にヴォルテールと共に住むことを、はっきり決断したわけではなかった。パリはいつも彼女を呼んでいた。

シレー城の建つ斜面の上方に覆いかぶさるようにつづく森林、峡谷を流れる清らかに澄んだ水の輝き、葉を落とした樹木の枝を揺らして吹き抜ける風の冷たさと爽やかさ、そんな優しくもあり厳しくもある自然を堪能する心境にはまだなれない。

一か月もすると、すっかり冬景色になって侘しさを増したこの片田舎から脱出したくて、うずうずしはじめる。社交界やオペラやギャンブルの刺激に満ちたパリが恋しかった。ヴォルテールへの愛にもかかわらず、モーペルチュイのことがどうしても頭から離れない。

パリに戻る格好な理由がみつかった。友人のリシュリュー公爵夫人が初産をひかえているので、ぜひそばにいて支えてあげたい。ヴォルテールの新しい戯曲を、信頼できる友ダルジャンタル伯爵にこっそり見せてあげたいし、逮捕状を撤回させるために、もっと積極的に大臣たちにはたらきかけなければならない。

クリスマスの五日前、シャトレ夫人はヴォルテールをシレー城におきざりにして、ひとりでパリに舞い戻った。

パリに着くや、くすぶりつづけていたモーペルチュイへの思慕がふたたび燃え上がった。モーペルチュイはなかなか会ってくれないが、エミリはめげずに手紙を書きつづける。

「あなたにこんなにお会いできないくらいなら、シレー城にいた方がましでした……。でもクリスマスの深夜ミサにはぜひご一緒しましょう」

モーペルチュイが誘いに応じなくても、彼女は諦めない。

「一日じゅうお待ちしていましたのに、どうして来てくださらなかったの。あすの夜、その償いをしていただくわ。八時半に家におります」

さらには、

「あなたのお顔を拝見せずに、一七三五年をむかえる気持になれません……」

モーペルチュイの気を引こうと必死になって、自分がいかにバカなことをしているのか、彼女はよく知っていた。しかし、そうしないではいられない。はっと我にかえるとき、もうこんなことは止めよう、と心に誓う。だが、一日もたたないうちに、ふたたびペンをとって、彼への手紙を綴っているのだ。

けっしてヴォルテールのことを忘れてしまったわけではない。モーペルチュイとヴォルテールとを天秤にかけているわけでもない。エミリは直情的で、どんなことにも真摯であり、計算高い女ではなかった。

シャトレ夫人は苦しんでいた。そして、もがけばもがくほど、ギャンブルだオペラだ舞踏会だと猛烈に遊びまわった。社交界というところは、耳よりな話にはすぐにとびつく。何をしても目立ちやすく、よく噂の種にされてきたシャトレ夫人だが、彼女がモーペルチュイを夢中で追いかけている姿はこっけいで、またしても社交界の好餌にされた。

噂は噂をよび、彼女のそうしたパリでの振る舞いは、シレー城のヴォルテールの耳にまでとどいていた。けれど、何事もないかのごとく、あいかわらずせっせと城の改修工事にはげんでいた。彼は、エミリもモーペルチュイもよく知っており、彼女がかならず自分のところに戻ってくると信じていた。

郵便はがき

169-8790

料金受取人払

新宿北局承認

9350

差出有効期限
平成17年9月
24日まで

有効期限が
切れましたら
切手をはって
お出し下さい

165

東京都新宿区
西早稲田三―一六―二八

株式会社
新評論
読者アンケート係行

読者アンケートハガキ

お名前	SBC会員番号 L 番	年齢
ご住所 (〒) TEL		
ご職業（または学校・学年、できるだけくわしくお書き下さい） E-mail		
所属グループ・団体名 連絡先		
本書をお買い求めの書店名 市区郡町 書店	■新刊案内のご希望 □ある □ない ■図書目録のご希望 □ある □ない	

●このたびは新評論の出版物をお買上げ頂き、ありがとうございました。今後の編集の参考にするために、以下の設問にお答えいただければ幸いです。ご協力を宜しくお願い致します。

本のタイトル

●この本を何でお知りになりましたか

1.新聞の広告で・新聞名（　　　　　　）2.雑誌の広告で・雑誌名（　　　　　　）3.書店で実物を見て 4.人（　　　　　　）にすすめられて 5.雑誌、新聞の紹介記事で（その雑誌、新聞名　　　　　　）6.単行本の折込みチラシ（近刊案内『新評論』で）7.その他（　　　　　　）

●お買い求めの動機をお聞かせ下さい

1.著者に関心がある 2.作品のジャンルに興味がある 3.装丁が良かったので 4.タイトルが良かったので 5.その他（　　　　　　）

●この本をお読みになったご意見・ご感想、小社の出版物に対するご意見があればお聞かせ下さい（小社、PR誌「新評論」に掲載させて頂く場合もございます。予めご了承下さい）

●書店にはひと月にどのくらい行かれますか

（　　　）回くらい　　書店名（　　　　　　）

●購入申込書（小社刊行物のご注文にご利用下さい。その際書店名を必ずご記入下さい）

書名　　　　冊　書名　　　　冊

●ご指定の書店名

書店名　　　都道府県　　　市区郡町

決断

年が明けると、ヴォルテールをめぐる状況は好転しはじめる。『哲学書簡』について、彼に著作の否認をさせるというかたちで一件落着をはかろう、という計画を当局はひそかにすすめていた。

彼の旧知の友ダルジャンタル伯爵があちこちに手をまわし、シャトレ夫人が奔走したことが功を奏したのだ。

著作否認案が準備され、検事総長のチェックを経た後に、大法官ショーヴランに示され、そして、最終的に、宰相フルーリがこれを了承した。ヴォルテールもすでに四十歳、これからは多少とも分別をわきまえて行動するようになるだろう、という目算もあった。じつのところ、彼は歳をとっておとなしくなる男ではなく、その後も騒動の火種をまくことをやめないのだが。

三月、シレー城のヴォルテールは、もうパリに帰ってもいいという通知を受けとって、十一か月ぶりにこのきらびやかな都の土を踏んだ。

だが、久々のパリはたちまちにして彼を失望させる。ろくでもない書物がもてはやされ、文学を足げにするようなつまらない連中が幅をきかせている。サロンでは科学が大流行、あっちでもこっちでも、だれもが生かじりの物理学や天文学を論じていて、詩想だの文学だの想像力だのといった話はもう時代おくれ、と言わんばかりだ。

その軽薄さにヴォルテールが少々うんざりしていたとき、彼がごく内輪の知人たちのために書いた詩『処女《ピュッセル》』がいつのまにか流布して、ふたたび波風をおこす。救国の処女ジャンヌ・ダルクの物語をパロディーにしたこの詩は、フランスの神聖なシンボルを冒瀆するものだとして、高等法院は苛立ち、不穏な空気がただよいはじめた。結局、十日あまりパリに滞在しただけで、またしてもヴォルテールは逃亡する。

けれど、今度はシレー城にはむかわず、国境をこえてロレーヌ公国まで行ってしまい、リュネヴィル城に身を落ち着けた。リュネヴィルの宮廷は以前からヴォルテールを招待していて、彼の来訪は大歓迎された。

いつまでたっても二人の男のあいだを揺れうごき、態度をはっきりさせないエミリに、ヴォルテールの忍耐もついに限界に達し、彼女に決断をせまるため、しばらく離れていることにしたのだ。

「あなたが来られないかぎり、シレー城には戻りません」

旅立つとき、ヴォルテールはきっぱりとそう言い切った。多額の費用をかけて城の改修にとりくんだのも、エミリのためだった。もしシレー城での暮らしを彼女と分かちあうことができないのなら、どうしてそこまでする必要があっただろうか。

ヴォルテールは、エミリに数週間の考える時間をあたえた。彼女は今度こそ決断しなければならないのだ。

一週間、エミリは考え抜き、悩んだあげく、最終的に、モーペルチュイとパリの魅惑を退けることを心に決めた。

「わたしの行くところは、シレー城しかないわ」

ほかに選択肢はなかった。

彼女は三十歳に手が届く年齢に達しており、パリの社交界の浮かれ騒ぎにいくら酔いしれても、そこに充足感はなく、虚しさだけがのこることを、彼女自身がいちばんよく知っていた。

モーペルチュイへの想いを断ち切り、パリでの遊びざんまいの生活を捨てて、ヴォルテールと共にシレー城で孤独な学究生活に入る決意をかためたのである。

わたしはこのままではいけないし、ヴォルテールをこのまま放っておくこともできないわ。彼を愛するのなら、彼が危険にさらされないような生活を共にし、たとえ、ときには本人の意思に逆らってでも、軽率な行為を阻止しなければならないわ。

それは、ほとばしる愛から出た結論ではなく、熟考が生んだ理性的な判断であった。悔いののこらない決意ではない。しくしくする胸の痛みとともに、すがすがしい喜びがエミリの全身を満たした。

問題がひとつ残っていた。

このことを、夫シャトレ侯爵に納得させることである。侯爵は軍人で駐屯地に滞在することが多く、夫婦が同じ屋根の下で生活することは稀になっていたが、妻がシレー城でヴォルテールと暮らすことで、夫に屈辱感をいだかせてはならない。

十八世紀フランスの上流社会において、既婚女性が、貞操というモラルに束縛されることはほとんど無いに等しかった。だが、このモラル不在の時代においても、モラルの外観だけは保つことが社会的作法《ビアンセアンス》だった。

シャトレ侯爵夫人とヴォルテールが共同生活をしても、ひんしゅくを買うようなことはない。だが、シャトレ家の体面を傷つけないためには、ヴォルテールをシレー城の客人して招くことを、侯爵が承認しなければならない。端的に言えば、妻の愛人に対して夫のおすみつきを得ようというわけである。

シャトレ侯爵にうまく説明する役割をエミリがゆだねたのは、リシュリュー公爵であった。

リシュリュー公は、エミリのかつての愛人だった。二人の仲はごく短いもので、その後、彼はエミリにとって、もっとも率直に話のできる友となった。リシュリュー公の結婚相手になる女を選んだのも、エミリだった。それだけではなく、彼はシャトレ家と姻戚関係にあり、侯爵をよく知っている。

リシュリュー公ほど、夫を説得するのに最適な人物はいなかった。

「ヴォルテールについては、好意と友情をこめながらも、あっさりと話してくださいね。そして、とりわけ、人びとが好感と敬意を抱いている品行のよい妻に嫉妬するのはばかげていると夫が思うようにしむけてください。それは、わたしには決定的なものになるでしょう。夫はあなたの才覚にとても感服しておりますので、きっとあなたのお考えに同意するでしょう」

一七三五年夏、エミリはパリへの未練をひきずりながら、シレーへと旅立った。

こうしてヴォルテールとの共同生活がはじまった。あとは、石工や内装業者たちが、ふたりの愛をふちどる舞台装置をていねいに仕上げるだけでよい。数か月のあいだ、何台もの馬車や荷車が、建築資材やインテリアをつぎつぎに運び込んだ。

このシレー城の生活は、エミリの生涯においてもっとも幸福で、もっとも密度の高い時期となる。ヴォルテールと分かちあった学究の日々は、シャトレ夫人に、科学者として自分自身の力で飛べる翼をあたえた。

恋物語は、通常、詩や小説のテーマに属するが、シャトレ夫人とヴォルテールがシレー城ではぐくんだ愛は、科学・思想史上に刻まれる出来事になるのである。

第二章

女の時代にして科学の時代

科学に熱中する少女

少女時代のシャトレ夫人は、数学や物理学に熱中する、元気いっぱいの女の子だった。知的に早熟で、まだ年端もゆかないころから、エミリの頭脳は理論的、抽象的な思索を志向していた。

フランスの上流社会において、女の子の教育といえば、小さな貴婦人のような立ち居振る舞いを教えこむことがもっとも大切だった時代、エミリにははやばやと数学の家庭教師がつけられていた。

大好きな数学のレッスンがある日、エミリは朝から胸をわくわくさせている。家庭教師があたえる難解な定理や方程式は小さな女の子を無我夢中にさせ、ときには食事の時間がきても机から離れようとせず、本を取りあげなければならないほどだった。

パリのエミリの家には大きな図書室があって、子どもたちは自由にそこに出入りし、書棚から好きな本をとりだすことができた。太陽や月や宇宙の謎は、少女の好奇心をかきた

シャトレ侯爵夫人（ガブリエル＝エミリ・ド・ブルトゥイユ）

てる。子どもにはとても歯がたちそうにない天文学の本でも、エミリは目をかがやかせてページを繰り、そうなると、母親から何か話しかけられても、もうまったく耳に入らない。

ガブリエル＝エミリ・ド・ブルトゥイユは、一七〇六年、パリに生まれた。

エミリの父親ブルトゥイユ男爵は、ヴェルサイユの宮廷において外国大使を先導し、国王や王妃に謁見させるという重職にあった。エミリは六人きょうだいの五番目だったが、幼時死亡率が非常に高かったこの時代、生まれた子どもがぜんぶ育つことは稀であった。エミリの家でも三人の子が幼くして亡くなり、実際のところ、兄ひとり、弟ひとりの三人きょうだいである。

上と下を男の子にはさまれた、たったひとりの女の子、けれど、いちばん利発で、いちばん知識欲旺盛なのが、エミリだった。十歳そこそこの少女が、ローマの詩人ホラティウスのラテン詩を暗唱したり、イギリスの詩人ミルトンの大叙事詩『失楽園』や、イタリアのタッソの作品を読んだりしている姿は、家族の者たちを驚かせたものだ。

男爵は、ひとり娘エミリの飽くことのない探究心に心をうごかされて、その知への渇望をぞんぶんに満たしてやるという教育方針をとった。

十八世紀フランスにおいて、娘に息子なみの勉強をさせるような親はめったにいなかったが、エミリの場合は、兄や弟よりも高度な教育があたえられることになる。

この時代の貴族社会では、生まれた子どもはすぐ乳母の手にあずけられ、歩行ができる年齢になると、家庭教師がそのあとを引き継ぐ。女の子なら、ダンスや優雅な歩き方や動作をしつけられ、読み書きや、聖書の教えの基礎をまなぶ。それから修道院におくられて、そこで、貴婦人になるための教育が完成される。

だが、エミリはそうした通常のコースをほとんど踏襲することなく、定評のある学者について数学と物理学を勉強し、ラテン語とイタリア語と英語をまなんだ。外国語の学習では、とりわけラテン語に熱が入っていた。

あるとき、エミリは父親に、「わたし、『アエネイス』を翻訳するつもりよ」と言った。『アエネイス』といえば、あの古代ローマの偉大な詩人ウェルギリウスの大作。男爵はエミリのラテン語力のすばらしい上達ぶりをよく知っていたが、十五歳の少女に古典の名著の翻訳ができるものだろうか、と半信半疑だった。

ところが、ある日、娘に誘われるまま部屋に入ってみて、彼女が正真正銘『アエネイス』の翻訳にとりくんでいることを知った。男爵は、そのときの驚きを自慢話として友人たちによく聞かせたものだった。

ルイ14世時代、文化の中心をなした壮麗なヴェルサイユ宮殿

そんなふうに、エミリの知的開花をささえたのは、彼女の父親であった。娘が風変わりな女の子なら、その父親、ルイ＝ニコラ・ル・トヌリエ・ド・ブルトゥイユも、あまり常識的な男ではなかった。

ブルトゥイユ男爵があゆんできた人生が、そもそも少々軌道をはずれていた。

ブルトゥイユ家は、代々司法や財務の分野で要職についてきた由緒ある家系だが、若き日の男爵は、むしろ不肖の息子で、ヴェルサイユの宮廷に艶名をとどろかせるほどのプレイボーイだった。優雅な物腰の美青年でありながら、陽気で屈託がなく、貴婦人たちの心を捕らえる条件をことごとく満たしていた。彼自身、惚れっぽい性質で、魅力的な女は誘惑せずにはいられない。女から女へとわたりあるくことで、青年時代を過ごしたようなものだった。

そんな浮気男に、少女のころから、十五年のあいだ一途な恋情を燃やしつづけたひとりの女がいた。イタリア大使の娘アンヌ・ベッリンザーニ。美人ではなかったが知的で潑剌とした女で、天文学や物理学に強い興味をいだいていた。

男爵はアンヌに心を引かれながらも、恋の相手をつぎつぎにかえていた。月日は流れ、四十歳をむかえようとしていたとき、やっと心から彼女の愛にこたえた。彼女との恋は他の女にはなかった甘美と苦しみと陶酔をもたらしたが、いったん思いを遂げてしまうと、あとは燃えつきるばかりなのか、四年ほどして、アンヌは別の男のもとに走った。

のちの男爵が、数学や物理学に並大抵ではない意欲をみせるエミリに深い理解をしめしたのは、この情熱的で聡明な娘が、かつて愛したイタリア女の姿とかさなっていたからなのか。それとも、若い時分に放蕩のかぎりをつくした人生経験が、彼にそれだけの度量をあたえていたのか。

どんな遊び人でも、蝶のように花から花へと飛びあるくような生活をつづけてゆけない日が、いつかはやってくる。ブルトゥイユ男爵もその例外ではなく、四十九歳で、ガブリエル＝アンヌ・ド・フルレ嬢と結婚、ようやく安定した暮らしに入った。

エミリが生まれたとき、男爵はすでに五十八歳、ほとんど孫娘のようなものである。開放的で、世間的な常識にとらわれないところは自分とそっくりで、理論的学問に情熱を燃やすバイタリティーの塊のような女の子、そんなエミリは、男爵には目の中にいれても痛くないほど、かわいい娘だった。

女たちの帝国

エミリが生きた時代を、誤解を恐れずに端的に要約すれば、それは、女の時代にして科学の時代であった。

十八世紀フランスの貴族社会の女たちは、知的にも身体的にも精神的にも、その前の時代にも後の時代にもなかった自由を享受していた。そしてまた、この時代ほど、科学が人びとの関心をとらえ、宮廷やサロンの話題をさらった時代はなかっただろう。

科学の飛躍的発達という以上に、科学的知識が、ほんの一握りの学者たちの枠をはるかに超えて、一般の人たちのあいだに広まったのが、この時代の特徴だ。科学に目をむけない文学者はいなかったと言っても、大げさではないだろう。科学は知的探究の中心となり、サロンの貴婦人たちの好みの話題となった。

エミリが少女時代をすごしたのは、フランスにおける絶対主義が絶頂に達した太陽王ルイ十四世の治世が終わりを告げ、オルレアン公フィリップによる摂政時代を経て、ルイ十五世へと移行していった時代であった。

「国家とは私のことだ」と豪語したルイ十四世は、首都パリから離れたヴェルサイユの宮殿に全廷臣を住まわせ、知的活動も芸術・文学的創造も娯楽も自分のまわりに集中させて、絢爛豪華な宮廷文化を現出させた。だが、それには、演劇や舞踏などパリの趣味を大幅にとりいれ、人材や資材の確保をパリに頼るしかなかった。そのことが逆に、ヴェルサイユの情報をことごとくパリに伝える結果を生む。ヴェルサイユからパリまで、駿足の馬を走らせれば、わずか三十分なのだ。

ヴェルサイユの遊興は、窮屈な拘束の少ないパリへとひろがってゆき、それによって開放的で放縦なモラルが生まれ、女の時代を準備した。そして、ルイ十四世時代が終焉したとき、女たちの眼前には、かつてなかったほどの自由と権力を手にする可能性がひろがっていた。

女たちにその権力を行使する場をあたえたのは、前世紀に誕生したサロンであった。彼女たちは競って自分のサロンに高名な詩人や科学者や芸術家や政治家たちを集め、そこに女王として君臨する。

サロンに集まる人びとは、会話に興じ、議論をたたかわせ、才知《エスプリ》やユーモアをぶつけあう。話題がどんな奇抜なものであろうと、どんなテーマの議論であろうと、そこで要求されるのは会話の芸術だ。磨きのかかった言葉を使う才能と、人びとを楽しませる話術である。

現代においても、フランスのインテリたちが晩餐のテーブルで交わす会話のなかに、このサロンの伝統をかいまみるような印象をうける。

パリには多数のサロンがあり、人脈をつくりだし、政治に影響をあたえ、芸術作品の評価を生みだしたり名声を地に落としたりし、アカデミー会員選出を左右し、ありとあらゆるゴシップやスキャンダルを流通させた。

新聞や雑誌がまだそれほど普及していなかったこの時代、サロンは強力なメディアだったのだ。

エミリの同時代人だった哲学者モンテスキューは、その著書『ペルシア人の手紙』の中で、女の権力についてこう言っている。

「宮廷内やパリ、あるいは地方において役職を得たもので、女の手を煩わさなかった者はいない。ありとあらゆる恩寵、そしてときには不当な仕打ちが女たちを仲介にしている。彼女たちはみんな相互に関係をむすび、一種の共和国のようなものを形成し、つねに積極的で、お互いに助け合い、援助しあっている。それはまるで、国家の中に形成された新しい国家のようだ……」

女子修道院は、本来は、信仰に生きる女たちの共同体であり、純粋で閉鎖的な場というイメージを喚起させがちだが、十八世紀には、その修道院さえ、社交界やサロンにおける愛人たちのゴシップがささやかれる場となっていた。

夜のとばりがおりるころ、制服姿の若い士官や、瀟洒な身なりの美青年が女子修道院の門の中にそっと消えてゆく。美しく着飾って待ちうけている女のもとに行くのだ。そうした風景はごく当たり前のものだった。

というのも、ほとんどどこの修道院でも、その敷地内に貸しアパートを持っていて、そこには、いろんな身分や境遇の女たちが住んでいたからだ。夫と別居した女、王侯の愛人だった女、高貴な家の娘たち、子どもに財産を残すために生活の出費をおさえたい女。

修道女とは別棟に住むこれらの女たちは、世捨てびとどころか、自分の部屋を豪華なインテリアで飾ったり、客人を招いて晩餐会や音楽会を催したりして、世俗の楽しみを十分に享受することができた。

良家の娘たちの教育の場とされていた修道院とは、そんなふうに一種の社会の縮図であり、社交界で自分が将来演じることになる役割をまなぶのに最適な場だった。貴族が、自分の娘をゆだねる修道院を選ぶとき、娘の将来に役立つ人間関係がつくれるような所かどうかは、きわめて重要な基準だった。

通常、彼女たちは修道院を出ると同時に結婚する。結婚してはじめて社交界で一人前の女として振る舞うことができ、そして、恋愛の自由を手にする。

十八世紀、パリのサロンの女王の一人として君臨したデファン夫人は、自分が結婚したのは、社交界や舞踏会に参加し、庭園を散歩し、オペラや芝居を楽しむためだった、と言いきっている。夫はどうでもよく、肝心なことは、デファン侯爵夫人というステイタスを得ることだったのだ。

だが、サロンの女王たちがフランスの科学や芸術や文学にいかに多大な影響力をおよぼそうと、たいていの場合、それは男を介してであり、彼女たち自身が科学者や文学者だったわけではない。この点において、エミリはサロンの女王たちと袂を分かつ。科学の話題はサロンの流行ではあったものの、彼女たちは本格的に学問にとりくむだけの基礎的素養を持ち合わせていなかった。

エミリは、子どものころからしっかりした数学と物理学の教育をうけて、みずから学究に身を投じた稀な女のひとりだった。

シャトレ夫人は、まさしく時代の申し子であり、それでいながら、時代を超越した女だったのである。

科学への熱狂の時代

十七世紀後半から十八世紀前半にかけてのヨーロッパは、科学への熱狂とも呼ぶことのできる空気につつまれていた。その百年あまり前から積み重ねられてきた新しい科学や自然観が、この時代になってようやく人びとのあいだに深く浸透しはじめたのだ。新しい発見が時を移さず伝播する社会に生きている現代人には想像しにくいかもしれない。

一六六二年設立のイギリスの王立協会やその四年後に誕生したフランスの王立科学アカ

デミーに見られるように、科学が組織化されたことも大きな要因だが、それ以上に新しい自然観を普及する役割をはたしたのは、サロンだった。

科学アカデミーが男だけの公的機関であるとすれば、サロンは女たちが組織するネットワークにむすばれた非公式の学術機関だったと言ってよいだろう。サロンの話題は、当初、おもに文学や芸術だったが、十八世紀はじめころから、科学が話題の主役におどりでる。教養ある貴婦人なら、宇宙論のひとつくらい論じられなければ格好がつかなかった。

十七世紀に生まれたカフェも、科学者や文学者たちが集まって議論をたたかわせる場を提供した。ルイ十五世時代にはパリのカフェは六百軒をかぞえたが、とくに、カフェ・グラドやカフェ・プロコープなどは学者や作家の溜まり場だった。

もうひとつ忘れてはならないのは、言葉の問題である。科学書がラテン語ではなく自国語で書かれることが多くなったため、より接近しやすいものとなった。近代哲学の祖と呼ばれるデカルトが、一六三七年、ラテン語を使わずにフランス語で『方法叙説』をあらわしたことは、画期的な出来事であった。

中世から教会が唱えてきた宇宙観が覆されることで、十七世紀後半から十八世紀にかけておこってきた天文学ブームは、この科学時代を象徴している。

地球は宇宙の中心にあり、そのまわりを太陽や惑星が円軌道をえがいて回っている。ギリシアの天文学者プトレマイオス以来のこの説を、教会は中世をつうじて堅持してきた。いや、そうではない、地球のほうが太陽のまわりを回っているのだ、という結論を最初に導き出したのは、ポーランド人天文学者コペルニクスであることは、よく知られている。

通常、日本語では、前者は天動説、後者は地動説と呼ばれているが、これはあまりよい訳語とは言えない。当時の基本的な対立点は、宇宙の中心は太陽か地球か、なのであって、フランス語で言えば、天動説は「地球中心説」(géocentrisme)、地動説は「太陽中心説」(héliocentrisme) である(英語、ドイツ語、イタリア語、スペイン語も同じ)。

太陽中心説を唱えるということは、地球から、神が創造した宇宙の中心という至高の地位を奪い取って、水星や木星と同じような一惑星のランクにおとしめることを意味し、創造主を冒瀆する行為にほかならない。

コペルニクスは、教会の説に反する自説の発表に慎重で、彼の論文が出版されたのは、一五四三年、その死の直前であった。この論文は熱狂的な支持とともに猛攻撃をひきおこし、コペルニクスをうけついで太陽中心説をとなえたイタリアの哲学者ブルーノは火刑に処された。

コペルニクスの研究が出されてから百年近い年月を経て、登場したのがガリレイの説である。彼は望遠鏡を発明して天体を観察し、地球は太陽のまわりを回る惑星であるという理論に裏づけをあたえた。だが、その著作『天文対話』(一六三二年)は、教会の怒りをかい、宗教裁判にかけられて、自分の見解を撤回せざるをえなかった。

フランスの哲学者デカルトも、ほぼ同じ時期に宇宙論を書いて、太陽中心説を支持したが、ガリレイの著作が異端審問で有罪の判決をうけたことを知って、出版を見合わせ、それが発表されたのは、彼の死後であった。

そんなふうに弾圧をうけながらも、地球を宇宙の中心とする神学への反逆は、科学者たちのあいだにじょじょに広がっていった。だが、新しい宇宙観がもっと広範な人びとの関心をとらえたのには、もうひとつの理由があった。宇宙人をめぐる論議である。地球も惑星のひとつにすぎないのなら、他の惑星にも人間に似た生き物がいてもおかしくないではないか?

宇宙の中心は地球か太陽かというだけの論争なら、関心は少数の神学者や科学者のサークル内にとどまっていたかもしれない。けれど、宇宙人ははたして存在するかどうかということになると、話は違った次元に発展し、はるかに大衆的な興味をひきつける。小説の題材にもってこいだし、ありとあらゆる奇想天外な空想を可能にする。

十五世紀末の新大陸発見によって、ヨーロッパ人が自分たちとは一見まったく違う人びとの存在を知ったことが、宇宙人についての想像力をふくらませたもうひとつの要因だったことも間違いないだろう。

ガリレイは望遠鏡で月を観察し、そこに、山や谷や平野や海のようなものを認めたが、月人についてはむしろ懐疑的だった。だが、ガリレイとほぼ同時代に、宗教的な迫害とたたかいながら、惑星の運動法則を発見したドイツの天文学者ケプラーは、かなり明瞭に月人の存在を示唆していた。

とくに十七世紀は、月人をめぐって議論が沸騰した時代だった。イギリスの作家フランシス・ゴドウィンの『月の男』や、フランスの作家シラノ・ド・ベルジュラックの『月の諸国諸帝国』など、月世界をテーマにした小説が人気をよんだ。

望遠鏡による天体の観察がすすむにつれて、月人だけではなく、水星人、火星人、木星人と、人びとの関心は広がっていく。こうして、唯一無二の世界としての地球という神学の宇宙観は根底から覆されていったのだった。

科学は、人びとの認識のあり方を根本的に変えた。それは、神学的世界観から科学を基礎とする宇宙観への移行だった。のちになって、こんどは科学的合理主義が批判の対象となるのだが、十八世紀前半は、科学が凱歌をあげた時代であった。

上流社会の女たちにとって、科学の教養はたしなみのひとつとなり、彼女たちは新しい発見や学説にとびついたり、その講演を聞きにでかけたりした。さまざまな分野の科学者が、公開実験や一般むけの講演会をおこなっていた。

スイスの数学者・物理学者オイラーが『物理学・哲学の諸問題にかんするドイツ王女への手紙』と題した科学啓蒙書を書いたのは有名だ。イタリアの作家アルガロッティが書いた『淑女のためのニュートン学説』もよく知られている。その前の世紀、デカルトはスウェーデンの宮廷で、女王クリスティナに数学の講義をおこなっていた。

一般的に言って、当時あらゆる学術機関が女に門戸を閉ざしていたことは確かだが、ただ、「科学は男の関心事」という偏見そのものは、かえって現代のほうが根強いと言えるかもしれない。

十七世紀フランスの名高い喜劇作家モリエールは、『女学者たち』という戯曲で、デカルト理論などを振りまわす女たちをさんざん笑いものにした。それにくらべると、十八世紀は、知的探究をこころざす女たちには少しばかりやさしい世紀だった。

シャトレ夫人は、女の時代にして科学の時代だった十八世紀フランスに生まれるべくして生まれたのかもしれない。

この時代、宇宙への関心を広めるのに最大の貢献をしたのは、たぶん作家フォントネルの著作、『世界の複数性についての対話』だろう。

このタイトルにある「複数性」という言葉自体、地球は唯一の世界ではなく、他にも世界は存在するのだ、ということを示唆している。

その筋立ては、哲学者が若くて美しい貴婦人に宇宙を語る、というもので、時代の流行をうかがわせる。月の光にしっとりと照らされたロマンチックな夏の夜の庭園をいっしょに散歩しながら、哲学者は、宇宙や宇宙人についての疑問を一つひとつ彼女に解き明かしてみせる。自分たちの住むこの地球はどんな惑星なのか？　ほかの惑星の世界は？　月人は存在するのか？　火星人は？　水星人は？　木星人は？

この本を読んでいると、当時の読者が胸をときめかせながらページを繰っている姿が目にうかぶような思いにとらわれる。

このフォントネルの著作は一世を風靡し、フランスの枠をこえて、全ヨーロッパに愛読者をえた。英語、ドイツ語、スウェーデン語、デンマーク語、イタリア語、ポーランド語、ギリシア語に翻訳された。

出版は一六八六年、エミリが生まれる二十年前のことだが、驚異的なロングセラーとなり、十九世紀の半ばまで、じつに百七十年ものあいだ読まれつづけた。小説ならともかく、科学啓蒙書がこれほど人気を博すのは、稀なことである。宇宙というものがいかに人びとの想像の世界に住みついていたかを示すよい例だ。

少女エミリと若きヴォルテール

少女のエミリも、フォントネルの『世界の複数性についての対話』を夢中になって読んだ。

当時、フォントネルは王立科学アカデミーの終身書記という高位にあって、パリじゅうのサロンでひっぱりだこ、まさしく社交界の寵児だった。エミリの父親ブルトゥイユ男爵も、自分の館に高名な詩人や作家を招いてサロンを主催していたが、フォントネルはその常連のひとりであった。

エミリは、十歳くらいから、父親のサロンに席をしめることがゆるされていた。大人の会話に平気でわりこんでゆくような女の子だった。

人気作家フォントネルが家にやってくる木曜日を、エミリはいつも心待ちにしていた。その宇宙談話に彼女はどれほど目をかがやかせて聞き入ったことか。

地球と他の惑星とは、あらゆる点でとても似ていて、どの惑星をとっても、住人の存在は十分考えられる。水星は地球よりずっと太陽に近いので、水星から見る太陽は、地球から見る太陽の九倍も大きい。水星人は強烈な光線に慣らされているので、地球の熱帯につれてきても、その寒さに凍えてしまうだろう。水星は太陽光線に埋没してしまっていて、その自転の観察が非常に難しい。

17〜19世紀の大ロングセラー『世界の複数性についての対話』を著したフォントネル（Bernard Le Bovier de Fontenelle　1657~1757）

そんな話はエミリの知識欲をますます高揚させた。

「惑星の自転について詳しいことを知るには、何を読んだらいいのかしら」

一人前の質問をする、この興味しんしんの少女は、高名な老学者フォントネルをおもしろがらせた。

「いろんな論文が出ているよ。こんど持ってきてあげよう。ちょっと難しいかもしれないがね」

フォントネルは、科学アカデミーの論文をいくつか彼女に提供した。その中には、ラテン語やイタリア語で書かれたものもあった。でも、そんなことでびくつくようなエミリではなく、さっそく自分で翻訳しはじめた。

原文が読めるのなら、翻訳などする必要はないではないか、と思う人もいるかもしれないが、それは現代人の感覚だ。かつては、翻訳は、作品をよく理解するための手段でもあった。ルソーのように文体の訓練のために翻訳した人もいる。『ローマ帝国衰亡史』で名高いイギリスの史家ギボンは、フランス語とラテン語の勉強のために翻訳した。

エミリは、天文学についてもっと知りたいと思った。それには、数学を本格的に勉強しなければならない。忍耐と根気を要する学問だが、彼女は驚くべき集中力の持ち主だった。そろそろ白粉や香水に関心をもつ年頃になっても、彼女の部屋にあるのは、書物ばかりだった。

といっても、勉強以外にも楽しみがなかったわけではない。乗馬ははやいうちから習っていて、敏捷な身体を持つエミリは、わけなく馬を乗りこなしていた。ダンスや歌のレッスンもうけていたが、とくに好んで歌ったのはオペラ。彼女はいい声をしており、歌いはじめると、自分の声に酔いしれるかのように、疲れをしらずに歌いつづける。そのときばかりは、数学も天文学も頭から消えていた。

若い日のヴォルテールは、ブルトゥイユ男爵の館に出入りしていて、少女のころのそんなエミリを知っていた。自由で才気煥発で感受性ゆたかな娘エミリの自慢話を、男爵はよくヴォルテールに聞かせたものだった。

ヴォルテールは二十歳を少しすぎたばかり、その鋭い諷刺精神はすでに異彩を放ち、公証人を職業とする父親には手に負えない生意気な息子だったが、ブルトゥイユ男爵はこの若者の中にはやくも大物詩人を認めて、彼の庇護者としてふるまっていた。そして、その詩才に対する賞賛の気持ちを、男爵はよくエミリに打ち明けていた。家族の中で心おきなく何でも話せたのは、妻でも息子でもなく、たったひとりの小さな娘だった。

男爵は自分でも気づかないうちに、エミリとヴォルテールの仲をとりもつキューピッドの役割を演じていた。だがヴォルテールより十二歳年下のエミリは、彼が二十二歳のときやっと十歳、二人のあいだに男女の感情など芽生えようがなかった。キューピッドの放った矢が効力をあらわすのは、それから十数年後のことなのだ。

ヴォルテールの本名は、フランソワ＝マリ・アルーエ、太陽王ルイ十四世の光輝にかげりが見えてきていた一六九四年、パリに生まれた。

貴族ではなく、いわば開明的ブルジョアの出自だが、こうした社会層では、しばしば子息の教育が最大の投資であった。十歳のとき、父親は彼を、イエズス会が経営するパリ随一の名門ルイ・ル・グラン校に入学させた。この学校で、彼は、ダルジャンタル伯爵やリシュリュー公爵のような生涯の友を得る。

学校生活が少年ヴォルテールの心に植えつけたのは、古典文学や演劇への愛着と宗教に対する懐疑心と、為政者に対する批判精神であった。息子を法律家にするつもりだった父親に反逆して、彼は文学の道をあゆむ決心をする。

時の権力者、摂政オルレアン公を嘲る諷刺詩を書いて、彼がバスティーユ牢獄に放り込まれたことは、すでに触れた。

二十四歳で書いた、はじめての戯曲はいきなり大ヒットした。ギリシア悲劇から題材をえた『オイディプス王』。

オイディプスは、父王を殺害して生母と結婚するという神託をうけ、それを避けるためにあらゆる犠牲をはらうが、この恐るべき神託はついに現実のものとなる。オイディプスは、父親を殺した剣で自分の両眼を突き刺し、そして悲惨な死を遂げる。

『オイディプス王』はギリシアの悲劇詩人ソフォクレスの作だが、このテーマを扱ったヴォルテールには明瞭な意図があった。ギリシア神の理解不可能な残酷さをえがきながら、宗教そのものを告発したのだった。彼はけっして無神論者ではなかったが、生涯、宗教の非寛容を糾弾しつづけるのだ。

フランスではじめての「哲学的悲劇」と呼ばれたこのヴォルテールの『オイディプス王』は、四十五日のあいだ続演されるという異例の成功をおさめた。彼がアルーエという本名を捨ててヴォルテールと名乗るようになったのはこのときからだ。劇作家ヴォルテールの誕生である。だが人気者になったぶんだけ、風当たりも強くなった。

ブルトゥイユ男爵は、良きにつけ悪しきにつけ、ヴォルテールの文才につねに賞賛の気持ちをいだき、変わらぬ友でありつづけた。

まもなく、ヴォルテールはエミリの視界から姿を消す。彼は、あちこちの城主から招きをうけて、城から城へと渡りあるき、住所不定の生活をしながら、波乱にみちた人生の渦流に引き込まれてゆくのだ。

　エミリのほうはあいかわらず勉学に没頭しながらも、少女から脱皮しはじめていた。十六歳になったとき、ブルトゥイユ男爵は、しっかりおめかしをしたエミリをヴェルサイユに連れてゆき、宮廷人たちに紹介した。はじめて見る壮麗で豪華な宮殿に、エミリは目をみはり、この華やかな世界に胸をときめかせた。だが、学問で頭がいっぱいの彼女にとって、貴婦人たちの会話に興味を引かれるようなものはほとんどなかった。

結婚

　パリのブルトゥイユの館は、チュイルリ公園に面していた。五階の彼女の部屋から、ときおり、寄り添ってあるく恋人たちの姿が見える。そんなシーンに心を乱されることもなく、目下のところ、彼女の情熱は数学や物理学や形而上学だった。エミリが恋の喜びと苦しみを知るには、もう少し時間が必要であった。

　エミリの机の上はいつも雑然としている。開いたままの本が右を向いたり左を向いたりしていて、記号や数式がびっしり並んだ紙が散らばり、そのなかに埋まるようにペンやインクが置かれている。だが、彼女の頭の中では、一つひとつのモノはちゃんとしかるべき場所におさまっているのだ。メイドがうっかり気をきかせて整頓でもしようものなら、エミリの不機嫌をなだめるのに一苦労しなければならなかった。

熱中すると、エミリは寝るのを忘れた。家の者はみんな眠ってしまいシーンと静まりかえった部屋の中で、紙と紙がふれる音、勢いよく走るペンの音だけが響いている。時間はいつのまにか過ぎ、ふっと気がつくと、窓下のチュイルリ公園でチュッチュッと小鳥のさえずる声が聞こえている。

「もう朝なのね」

そうつぶやくと、エミリはようやく立ち上がって、寝所にむかう。若い日の眠りはすぐにやってくる。頭を枕につけたとたん、彼女はおだやかな寝息をたてていた。目をさますと、カーテンの隙間からひとすじの光線が差しこんでいる。わずか三、四時間睡眠をとっただけだが、頭はもうすっきりしていた。

ぐいと腕をのばして、深く息を吸いこむ。ゆっくりベッドから起きあがり、素足のまま奥の小部屋に入って鏡の前に立ち、そっとネグリジェのボタンをはずしてみる。乱れたブルネットの巻き毛が素肌をくすぐる。淡いピンクの乳房の先端は、まだ開きかけたつぼみの硬さをのこしているが、その脹らみはたっぷりした量感を誇示している。

エミリは鏡の中に自分の顔をのぞきこむ。少し血色のよすぎる頬と高すぎる鼻は、自分の顔の嫌いなところだが、大きな目と完璧な弧をえがく眉とのハーモニーは、自分でも気にいっている。

学問ばかりしていたエミリも、もう十七歳の娘になっていたのである。

彼女は鏡の前で少しぼんやりしていたが、すぐにメイドを呼び、着替えを準備させた。書物に没頭する一日がまたはじまろうとしていた。

エミリの最近の発見は、イギリスの哲学者ロックの『人間知性論』である。ロックは人間の心を白紙にたとえ、生まれながらの観念や原理をいっさい否定する。知識も感受性も経験の積み重ねによって、人間は後天的に獲得してゆく。彼の言う「経験」とは、外界との接触から生じる「感覚」と人間の心の作用である「内省」のことなのだ。

デカルトの理性論哲学に親しんできたエミリにとって、このイギリスの経験論はまったく目新しいものであった。ロックとは違って、デカルトは、すべてを疑ったうえで、人間が生来もっている理性のみを拠り所とし、そこから出発して厳密な論証を重ねていくことで真理に到達する、と考えていた。

ロックの経験哲学は、個々の具体的事実から一般的な真理にいたる帰納法へみちびかれる。それは、実験と観察を主な手段とする近代科学に礎をあたえるものとなるのだ。

これに対して、デカルト哲学は、普遍的真理から個々の現象を解明してゆく演繹法につながるものだった。エミリの思考方法は本質的にあくまでもデカルト的フランス的だったが、このロックの理論に新鮮な興味をかきたてられた。

彼女には、まだ学ばなければならないことが沢山あったが、もう時間はあまり残されていなかった。若いエネルギーをひたすら学問にそそぎこむことのできた幸せな娘時代に、まもなく終止符が打たれようとしていたのだ。

七十五歳をむかえたブルトゥイユ男爵は、自分の人生が終わりに近いことをはっきりと感じて、エミリの婿さがしを急いでいた。娘にふさわしい夫を見つけることは、死ぬ前に果たさなければならない父親としての義務であった。

時代の風習からおよそかけ離れた育ち方をしたエミリだが、いざ結婚の相手をきめるとなると、話は別だ。婚姻はあくまでも家と家との契約で、家系の存続を目的とするものなのであり、そこに当人の私的な好みが入りこむ余地などほとんどない。

若い時分に遊びほうけて散財した男爵にはあまり金銭的余裕はなく、娘につけてやれる持参金は十五万リーヴルしかない。当時、パリの貴族の娘が結婚するときの持参金は、十五万リーヴルから八十万リーヴルくらいだったので、まさしく最低額である。

けれど、娘はヴェルサイユ宮殿に出入りして恥ずかしくない貴婦人であってほしい、男爵はそう願っていた。

ルイ十四世時代の宮廷でみがいた外交手腕を、発揮するときだった。男爵がたくさんの人脈のなかから娘の伴侶として選び抜いたのが、シャトレ侯爵であった。彼は軍人で、歩兵連隊の大将である。

シャトレ家は古い系譜を持つ名門貴族で、十一世紀、十字軍の指揮者ゴドフロア・ド・ブイヨンとともに聖地に赴いた騎士の子孫である。その系図はロレーヌ公の子息にさかのぼり、中世ヨーロッパ最大の統一国家を建設したあのカール大帝の血筋につながる。

フランスにおいて、これほど古い系譜をもつ家は数えるほどしかない。が、そういう旧家に限って台所は苦しいもので、代々軍人のシャトレ家はその典型、蓄財を苦手とし、財産はあまりなく生活は質素だった。

つまり、名門でありながら、多額の持参金を要求してくるような家ではなく、そのうえ、エミリはシャトレ侯爵夫人になれば、宮廷において国王や王妃の前で座ることがゆるされる床几権《しょうぎけん》というものを得ることができる。

ブルトゥイユ男爵のしたたかな計算だった。「申し分のない相手だ」、男爵はこの選択に我ながら満足した。

書物にしか目がない娘に結婚する気はあるのだろうかと、内心いささか気がかりだったが、そんな心配はまったく杞憂であった。エミリは、シャトレ侯爵との結婚をすんなり受け入れた。


一七二五年六月二十日、ガブリエル＝エミリ・ド・ブルトゥイユと、フロラン＝クロード・デュ・シャトレとの婚礼がとりおこなわれた。エミリは十八歳、夫シャトレ侯爵は彼女より十一歳年上だった。

この結婚は、エミリにとって、少なくとも不幸なものではなかった。

シャトレ侯爵はあまり教養のある男ではなく、軍隊の手柄話以外は話題にもとぼしかったが、そのかわり無類の好人物だった。

自分の妻となった女がすばらしい知性の持ち主であることを、彼はすぐに納得した。数学だの物理学だのラテン語だのといった妻の学識は、夫の理解力をはるかに超えるもの

生涯エミリを支えた夫、シャトレ侯爵

だったが、それで屈辱感をいだくどころか、むしろ碩学の妻がシャトレ家の家名を高めることを喜んでいた。

閨房での振る舞いも無骨ではなかった。結婚まで学問の世界にこもりっきりで、まだ熟していない果実のようだった妻に荒々しい欲情をぶつけるようなことはせず、そのからだを優しく忍耐強くひらかせた。夫によって、彼女は官能に目覚める。そしてそれは、女として成熟してゆくにつれて、激しいものになろうとしていた。

社交界の美酒

シャトレ侯爵夫人となったエミリは、社交界へのデビューをはたす。ユークリッドやデカルトやロックの世界から、華麗な悦楽をもたらす新しい世界への移行である。なんという陶酔だったことか！

夜中にはじまり朝までつづくオペラ座での舞踏会、宮廷のディナーやサロンの会話、観劇や賭け事、そんな場に、白粉をぬり紅をさし、つけぼくろをつけて髪粉をふり、胸元を大きくあけたコルサージュを着てダイヤモンドの飾りをつけ、すっかり貴婦人に変身したエミリの姿があった。

当時、大ヒットしていた人気作家マリヴォーの戯曲『奴隷の島』は、エミリに強い印象をあたえた。主従四人の男女が海で遭難し、反乱をおこした奴隷が支配する島にたどりつき、島の法律により、主人と召使の役割を交換しなければならなくなる。社会批判がこめられた喜劇だった。

だが、結婚して三か月すると、エミリはパリを離れなければならなくなる。シャトレ侯爵は、父親のあとを継いで、国王からフランス東部スミュールの総督に任命されたからだ。カール大帝の血筋をひくシャトレ家のプリンセスとして、エミリは夫とともに長い馬車の行列をひきいて、華やかなお国入りをはたした。

しばらくは、この田舎の城住まいに甘んじなければならない。そんな生活に嫌気がささないようにと、エミリの荷物には本がたくさん詰め込まれていた。

プリンセス・エミリの学識はこの地にすぐに知れ渡った。だが、彼女はスミュールにほんとうに腰を落ち着けることはなかった。いちどパリの社交界の興奮を味わってしまった者には、単調な田舎暮らしは退屈で、折あるごとに、パリに立ち戻っていた。

結婚して一年たった一七二六年、エミリは女の子を出産し、その子はガブリエル＝ポリーヌと名づけられた。その翌年、こんどは男の子、フロラン＝ルイ＝マリが誕生した。十八世紀は母性が称揚された時代ではなく、貴族社会の女たちには、子産みという義務はあっても、育児という役割はなかった。エミリは、シャトレ家の後継ぎをつくるという妻としての任務はこれでもう果たしたのだった。

彼女はまだ二十一歳、世の中を知りはじめたばかりで、田舎町の城に埋もれてしまいたくはなかった。

「パリで暮らしたいわ」、彼女は夫にそう言った。多くを語ることなく、夫は妻の希望をあっさり受け入れた。彼女の自由への欲求は理解できた。

パリのトラヴェルシエール・サン・トノレ街にあるシャトレ家の館が、以後、エミリの住まいとなる。

夫は夫で、生活の主要な場は軍隊だったので、やはりスミュールを留守にしがちだった。

そんなわけで、シャトレ夫妻は事実上の別居生活にはいった。

妻はパリの社交界、夫は軍隊というのは、じつは夫婦の役割分担でもあった。シャトレ家は、国王や王妃や王の愛妾や宮廷のおえらがたとの人脈をはぐくみ、宮廷に渦巻くいろんな画策に関する情報をキャッチしておく必要があった。そうしたことは、シャトレ侯爵の軍人としての昇進にもかかわってくる。そのためには、社交は欠かせず、寡黙で口べたな侯爵よりも、快活で才気あふれるエミリのほうが、この世界にはるかにむいていた。

つまり、社交は、シャトレ侯爵夫人として、エミリが演じなければならない役割でもあった。離ればなれに生活しても、夫妻のあいだに感情的な軋轢のようなものはなかったようである。

パリに戻ったシャトレ夫人は遊びざんまいの生活に身を投じた。何事も中途半端にはできない性質の彼女は、かつて学問にかけたのと同じ情熱を遊びにそそぎこんだ。

まもなく、連れだってでかけるのに格好な、とても素敵な悪友を得る。サン・ピエール公爵夫人とその若い愛人フォルカルキエ伯爵である。

サン・ピエール公爵夫人は、天衣無縫の遊び人、オペラや芝居によく通じていて、社交界では特別な存在であった。エミリよりはるかに年上で、五十歳近かったが、年齢をかさねても美貌の衰えを知らないあの不思議な女たちのひとりであった。

彼女の愛人フォルカルキエ伯爵はまだ二十歳前だったが、それが少しも不自然な感じをあたえず、彼女は若い恋人を見せびらかすように、パリじゅうを闊歩していた。

サン・ピエール夫人は、ルイ十四世の事実上の宰相として辣腕をふるったかの名高いコルベールの姪にあたり、彼女の夫はジェノヴァの名門貴族で、スペインの宮廷に少なからず影響力をもつ男だった。だが、彼は自分の美しい妻を出世の道具にしか考えない男で、妻の交友関係を厳しく監視させていた。

夫が他界したとき、夫人は四十代の半ばだった。はじめて束縛から解放されてパリにもどり、失った日々を取り戻すかのように、若い恋人と猛烈に遊びまわっていた。

エミリが彼女と出会ったのは、ブランカ侯爵のサロンである。彼のサロンに集まってくる人たちは陽気でいっぷう変わった才人ぞろいだったが、その中でも、エミリは頭の回転のはやさと、ずばりと核心をつく発言で際立った存在だった。

エミリとサン・ピエール夫人はすぐに意気投合した。一見したところ、まったくタイプの違う二人の女だが、偏見にとらわれず、社会通念を平気で足げにするところは共通していた。

女学者エミリ、美貌の遊び人サン・ピエール夫人とその若い恋人、まことに奇妙な取り合わせのこの三人組は、よくそろってでかけたものだった。

エミリにギャンブルの味を教えたのも、彼らである。当時、宮廷でも貴族たちのあいだでもギャンブルは大流行していて、公認のものから闇のものまで、パリには大小さまざまな賭場があり、国王や王妃がみずから宮廷で賭場をひらくほどだった。これもまた、結婚して一人前の女になってはじめて知ることのできる楽しみのひとつであった。

トランプを使用するものからサイコロや玉によるゲームまで五十種類以上のギャンブルがあったが、ルイ十五世妃マリー・レクザンスカがとくに好んだのは、カヴァニョルというゲームで、エミリを夢中にさせたのも、これだった。

カヴァニョルでは、めいめいがひとつの盤を前に置き、その盤の区画の一つひとつに番号がつけられている。各自が袋の中から番号のついた玉を取りだし、その番号に賭けていた者が勝つ。

ゲームそのものは他愛のないものだが、多額の金を賭けておこなわれるので、番号を抜くときの緊張感とスリルと興奮はエミリの性格にぴったりで、その面白さはたちまちにして彼女をとりこにした。賭場を主催するのは、そもそも利益をあげることが目的で、イカサマもまかり通っていたが、エミリはいくら大金をすっても、懲りることがなかった。

そんなわけで、いささか軽はずみではあるが、楽天的で才知《エスプリ》にとんだ悪友たちと、シャトレ夫人はオペラだ芝居だギャンブルだと出歩いていた。オペラ座の舞踏会にエミリが姿を見せないことはなかったし、芝居やオペラの新しい演目がかかると、そこには必ずといっていいほどエミリの顔を見ることができた。彼女は社交界の美酒に酔っていた。

学問ひとすじだった娘時代とは、まったく異なる生活がはじまっていた。

だが、じつのところ、彼女はまだほんの新米だった。この世界の恋のルールにはまったく無知だったのである。

第三章

運命の再会

❧ はじめての恋、はじめての挫折

十八世紀フランスの貴族社会ほど、「不品行」が大手を振ってあるいていた社会の例は、歴史上、おそらく、それほど多くはないだろう。

どんな文化圏の、どんなに厳しい戒律のもとでも、不倫の愛は存在した。いつの時代でも、男が妻以外に愛人をもつことを、社会は黙認してきた。だが、既婚の女の恋愛がこれほど自由だったことは、たぶん珍しいだろう。

ルイ十四世による専制的統治が終わりをつげてから、フランス革命がモラルの厳格さを復権させるまでの七、八十年間、それは、フランスにおいてもっとも風俗が放縦な時代であった。そのころの上流社会の女たちは、現代人の目から見ても驚くほど自由にふるまっていた。

婚姻を秘蹟とする教会の教義が変わったわけではなく、夫の浮気は罰せられなかったものの、妻の密通はあくまでも重大な罪であり、離婚は禁止されていた。

特例として、婚姻を解消できるケースはあった。たとえば夫が性的に不能な場合。性的結合は夫婦の義務と考えられていたので、それが不可能な婚姻は無効とされた。けれど、性的不能を証明するには、性器鑑定などひどく面倒な手続きがあり、この手段に訴えるには、よほどの決意を要した。

夫による虐待が度を越している場合など、教区裁判所が夫婦別居を申しわたすこともあったが、それは離婚ではなかったし、そもそも合意による別居などというものは存在しえなかった。

そうした厳しい婚姻制度が、実際のうえでは、いとも簡単に足げにされていたのだ。だが、考えてみれば、婚姻は家と家とが取り決めるもので、そこに恋愛の自由はなかったのだから、夫のある身になって、はじめて恋をする女たちがいてもおかしくはない。恋愛とは不倫のことだったこの時代、社交界の女たちは、愛人がいないほうがむしろ不思議がられた。

だが、すべての女が同じように自由に行動できたわけではない。嫉妬ぶかい夫がつねに妻を監視しているようなケースも少なくなかった。徴税請負人の夫を持ち、パリでサロンを主宰していたポプリニエール夫人の場合がそうだ。

妻に愛人がいるという匿名の手紙を受け取った夫は、夜中に妻の寝室に不意打ちをかけるなどしたが、現場をおさえることはできなかった。ある日、妻の不在を利用して、その寝室をくまなく探索し、ついに、暖炉の後ろに巧みにつくられた隠し扉を発見する。動かぬ証拠をつかんだ夫は、夫婦別居の許可は得たものの、勝利を叫ぶというわけにはいかなかった。この出来事は大評判になり、パリじゅうで物笑いの種にされ、夫妻をからかう歌がおおはやりする始末だった。

自由恋愛といっても、男と女がまったく対等だったわけではない。男の場合、愛人が何人いても不道徳のそしりを受けることはほとんどなかったが、女の場合は、夫以外に愛人がひとりなら社会的に容認されても、一度に複数の愛人をもつことは、やはり品性を疑われる行為だった。

シャトレ夫人は子どもを二人産んでいたが、まだ本当に若かった。宮廷やサロンに出入りするようになると、愛される女でありたいという欲求が芽生え、娘時代にはあまり関心のなかったファッションに敏感になった。入念にお化粧をし、髪に輝きをあたえる髪粉をたっぷりふって、あれやこれやの宝石やガラス玉や房飾り《ポンポン》を身につけた。

房飾りとは毛糸や絹糸をたばねて、球形や卵形に切りそろえたものだ。現在では、帽子の飾りにつかわれる程度だが、この時代に流行った装身具のひとつである。エミリはとくにこの房飾りが大好きで、コルサージュやスカートにふんだんにあしらったものだった。しゃれっ気のなかった女が急に着飾るようになると、得てしてそうしたものだが、エミリのおしゃれはオーバーぎみで、優雅を誇る貴婦人たちの冷笑をかった。意地の悪い陰口をきく女もいた。

「ごらんなさいよ、房飾りをあんなにいっぱいつけて、得意がっているわ」

「みんなこっそり笑っているのに、ご存知ないみたいね」

けれど、シャトレ夫人はただ上手におしゃれすることを知らなかっただけで、気取りはまったくなく、無邪気でさえあった。そうした女はしばしば厚顔無恥に見られるものなのである。

そんなエミリの前に、さっそく誘惑者があらわれた。

ある夜のオペラ座の舞踏会、なにげなく向けたエミリの視線がとらえたのは、誘いかけるような微笑みを自分におくっている美青年だった。彼女は一瞬はっとしたが、気づかない風をよそおった。

その時以来、劇場でも庭園の散歩でも、エミリが悪友サン・ピエール夫人と連れだって行くところには、いつもその男の姿があり、彼の存在はいつのまにか彼女の心に入りこんでいた。

その夜の舞踏会では、男はつねにもまして積極的だった。フロアーのどこにいても、誰と踊っていても、男の視線が自分を追っていることにエミリは気づいていた。

「あの方、あなたにずいぶんご執心のご様子ね」

サン・ピエール夫人がいささか挑発ぎみに、そっと耳もとでささやいた。

そのことばに背中を押されるように、エミリは男のほうに顔をあげ、彼が投げかけた笑みにはじめて笑顔を返した。男は物柔らかな動作ですっと近づいてくると、エミリの差し出す手を取ってキスでおおった。

「やっと振り向いてくださったのですね。天にも昇る気持ちです。ぼくと踊ってくださいますよね！」

男はすばらしくダンスが上手だった。その腕に抱かれて、エミリは、自分の体がまるで羽根が生えたように軽やかに動き回るのを感じるのだった。

その日から、エミリは恋におちた。

男はゲブリアン伯爵、三十三歳で、もちろん妻もいる。ダンスのうまいこの美男子は、女をくどく達人で、ねらい定めた女はかならず落とすと豪語する自信家であった。誘惑することで虚栄心を満たすパリの放蕩者の典型である。

だが、恋はゲームという暗黙の約束事が支配するパリの社交界において、エミリは真面目すぎた。彼にとっては、エミリは何人もの誘惑対象のひとりにすぎなかったのだが、彼女にとっては、生まれてはじめての大恋愛であった。

デカルトやロックの理論書に親しみ、科学アカデミー会員にとってさえ難解なラテン語の学術書を読みこなす女が、男にかんしては、嘘がみえみえの甘いことばを真に受ける少女のようにナイーブだった。

遊び慣れたゲブリアンの愛撫はエミリを燃え上がらせた。あふれんばかりのエネルギーをもつ彼女は、肉体の喜びを求めることにおいても疲れを知らず、男との逢瀬をかさねるにつれて、それは高まりをましていった。ゲブリアンといま会ったばかりなのに、もう恋しくてたまらず、別れたとたんに手紙を書く。

毎日会わずにはいられず、毎日手紙を書かずにはいられない。

ゲブリアンはエミリの激しさに恐れをなし、なにかと口実をもうけては、デートの回数を減らし、会う約束を先へ先へとのばそうとする。だが、彼女の熱い想いをそんなことで冷ますことはできなかった。

エミリを誘惑したのは誤算だったことに、彼はようやく気づいた。パリの浮気者の恋愛ゲームは「ほどほど」がルールだった。そんなルールなどまるで解さないような女の心に火をつけてしまったのだ。

彼女はゲブリアンの気持ちが離れてゆくのを、嘆き悲しんだ。ときには非難のことばを浴びせかけ、ときには涙を流して懇願し、男の心を引きもどそうとした。もはやプライドも体面もかなぐりすてていた。だが、それは、ますますゲブリアンを幻滅させるだけであった。

彼との愛はもはや修復不可能だと悟ったとき、エミリは悶え苦しんだ。生活は荒れて、おしゃれをする気力もなくなり、髪は乱れ、目のふちは黒ずんで、若い肌から生気が消えていた。彼女は自暴自棄になっていた。

その数か月前、最大の理解者だった父親が他界したことが重なって、エミリの絶望はますます深いものになった。

シャトレの家名も夫も子どもたちも学問も、すでに生きる支えではなくなった。エミリはみずから命を断とうと決心する。

でも、あの男に復讐するまでは死ねないわ。

彼女はもっとも効果的な報復の手段を思いつく。

エミリは使いの者に手紙をもたせて、ゲブリアン伯爵のもとにやった。

「もうお別れしなければなりません。幸せだったわたしたちの愛の終焉を、いまは心穏やかに受けとめております。最後にお話ししたいことがございます。今夜、おいでをお待ちしております」

不承不承ながら、ゲブリアンはシャトレの館にやってきた。エミリは物静かな様子でソファーに身を横たえていて、口もとには微笑さえ浮かべている。劇的なことばや動作の不在に、彼はひとまず胸をなでおろした。

ふたりは、あたかも何事もなかったかのように、とりとめのない世間話をした。ゲブリアンのほうは、一刻もはやくこの場を立ち去ることしか頭になかった。頃合をみて、いとまを告げようと立ち上がったとき、エミリは穏やかに言った。

「お帰りになるのね。ついでに暖炉の上にある飲み物を取ってくださらないかしら」

彼が手渡してくれた飲み物をエミリはいっきに飲みほし、それから、ソファーに置いてあった手紙を差し出した。

「最後のお手紙を書いたわ。ひとつだけお願いがあるの。外に出るまでは、けっして封を切らないでくださいね」

階段を降りて、門をくぐり通りに出たとき、ゲブリアンははじめて心からほっとした。やれやれ、やっとあのしつこい女から解放された！

だが、渡された手紙をひらいたとき、彼の顔から血の気が失せた。そこには、たったひとこと、こう書いてあった。

「あなたの手で毒を飲まされて、わたしは死にます」

あの飲み物は毒だったんだ！　ゲブリアンはうろたえながらも、かろうじて助けを呼び、エミリに解毒剤を飲ませた。処置がはやかったため、大事には至らなかった。

だが、この悲喜劇は、ゴシップ好きなパリの社交界の好餌となり、あっというまに人びとのあいだに広まった。どこのサロンでも語り草になり、シャトレ夫人もゲブリアン伯爵もさんざん笑いものにされた。

エミリは世間のうわさを気にかける女ではなかったが、それでも、シャトレ家の家名を傷つけるような振る舞いかたをしたことを後悔した。

不思議なことに、この出来事は夫シャトレ侯爵の耳には入らなかったようだ。よほど世事にうといのか、それとも不都合なことは聞こえてこない耳の持ち主なのか。ともかくも、シャトレ侯爵は、その優しさと鈍さゆえに、どんなときも妻エミリの支えとなった。

学究と恋愛——二つの情熱

エミリはしばらくはどこにも顔を出さず、自宅にこもっていた。傷ついた心を癒してくれるのは学問だけであり、ふたたび書物に明け暮れる日々をおくっていた。

彼女は、情熱の発露で行動し、そこに驚くべきエネルギーをそそぎこむ。けれど、はじめて恋の熱情に身をゆだねたとき、学問に打ちこんでいた少女時代には味わったことのない惨めな挫折を知ったのだった。学究と恋愛、それは、生涯にわたって彼女を深いところからつき動かし引き裂く二つの情熱となるのだ。

失意のどん底にあったシャトレ夫人は、もうひとりの男の腕にとびこんだ。かの名高い貴公子リシュリュー公である。

ルイ＝フランソワ＝アルマン・ド・リシュリューは、ルイ十三世時代に国王の側近ちゅうの側近として内政にも外交にも采配を振ったリシュリュー公爵の甥の子である。シャトレ家とは姻戚関係にあり、エミリは初産のおりに、彼の姉の世話になっている。だから、彼との出会いはごく当たり前のものだった。

リシュリュー公は、涙にくれる魅力的な若い女をけっして放ってはおかない。だが、エミリのような一途な女の恋人として、彼ほどふさわしからざる男はいなかっただろう。なにしろ、放埒なモラルが支配したこの時代のフランス社会が語られるとき、かならず例に出されるような世紀の放蕩者なのだ。現代の人名辞典で、彼の艶事に触れていないようなものは、たぶんないだろう。

リシュリュー公は、すでに十五歳で、王族の女との情事のかどでバスティーユ牢獄に放りこまれた。さらに、摂政オルレアン公に反逆する政治的陰謀に加担して、投獄された。その後、王家の貴婦人や宮廷で幅をきかせる元帥の夫人たちとアバンチュールをかさね、宮廷荒らしの常習犯となった。

眉目秀麗で洗練された物腰のリシュリュー公は、いつも社交界の女たちの熱い眼差しを浴びていた。彼に誘惑されることは、貴婦人たちにとって「勲章」でさえあった。投獄やスキャンダルは名声を傷つけるどころか、その大胆不敵ぶりが、彼をいっそう魅力あふれる貴公子に見せていた。

エミリはうかつにもこの移り気な好男子を愛してしまった。知的で開放的な彼女は、宮廷や社交界の女たちをよく知っているリシュリュー公の目には新鮮に映ったが、その恋は束の間のものだった。彼は、エミリを抱いたベッドの温もりも冷めないうちに、もう別の女に言い寄っていた。

しかし、エミリにとって、リシュリュー公との関係は特別なものだった。恋の終焉につきまとう苦い思いを友情にかえることに成功したからだ。

リシュリュー公は、シャトレ夫人の知性や学識に強い印象をうけ、過去の恋人に対してめったに抱くことのなかった敬意を、彼女に対しては持ちつづけた。ふたりは信頼のおける友人どうしとなった。

とはいえ、エミリの感情には複雑なものがあった。完全には消えていない彼への想いが心の底に潜んでいて、ことあるごとに燻りだす機会をうかがっていた。それは、満たされない愛への渇望だったのかもしれない。

二度の失恋は、深いところで彼女を傷つけていた。いつも心のどこかに渇きと空虚をかかえこんでいて、失った愛の痛みがときおり胸の奥でうずく。そういうとき、慰めをあたえてくれるのは学問であり、自分がどれほど学問を必要としているかを悟った。

ゲブリアンとのスキャンダルのほとぼりが冷めたころ、エミリはふたたび社交界に姿をあらわし、また遊びに明け暮れる生活に戻った。だが、もはや以前と同じほどの陶酔を見出すことはできない。そこに真の充足感はないことを知ってしまったのだ。

シャトレ侯爵と別居してパリに戻ってから、書物になど目もくれない日々が数年つづいたが、失恋を経験してから、学究の喜びをじょじょに取り戻していった。オペラや芝居はあいかわらず大好きで、ギャンブルもやめられなかったが、遊んで帰ったあと、ときには夜を徹して数学の問題に取り組む彼女の姿があった。

そんなとき、スミュールに住んでいた義父が他界し、軍隊にいた夫がこの地に戻ってきて、エミリも呼び寄せられ、久々に夫婦は寝食をともにした。夫はあいかわらず温和で、妻に優しく、エミリはふたたび身ごもった。

だが、まもなく、ポーランド王位継承戦争がはじまる。ポーランドは十七世紀からつねに他国の干渉をうけ、領土の多くを失ってきたが、一七三三年、ルイ十五世の義父スタニスラスに王位を継がせようとするフランスにスペインが加担し、これに反対するロシア・オーストリアとのあいだに戦争がおこった。

シャトレ侯爵は軍隊に戻らなければならず、それを機に、エミリもパリに舞い戻ってきた。スミュール滞在は学究に集中する機会となったが、田舎暮らしはやはり退屈だった。結婚してから八年、そのあいだにエミリの生活は、社交界へのデビュー、出産、恋愛と失恋、とめまぐるしく揺れうごいた。

ヴォルテールが、エミリの前に姿をあらわしたのは、そんなときであった。

十五年ぶりの再会

四月にしては少し暖かいぽかぽか陽気の日がつづいていた。

三番目の子どもを出産したばかりだったが、強壮な体にめぐまれたエミリは産後の回復がはやく、外出したくてうずうずしはじめていた。

おりよく、遊び友だちサン・ピエール公爵夫人が使いの者をよこした。オペラ座への招待である。新しい演目『愛の帝国』が上演中だという。エミリはとびあがってよろこんだ。

オペラ座のサン・ピエール夫人の仕切席に、久しぶりに、夫人とその若い愛人フォルカルキエ、そしてエミリという例の三人組がそろった。出産という大仕事から解放されたばかりで、エミリの心ははずんでいた。華麗なダンス、魂の奥まで揺さぶる歌声、豪華な衣装、そうしたものが、彼女を現実の世界から夢幻の世界へといざなう。

幕あいの休憩に入ったとき、仕切席の外側から声がした。

「シャトレ侯爵夫人にお客さまでございます」

いったいどなたかしら？　首をかしげながら外に出たエミリは、そこに立っている男を見たとたん、大きく目を見開いた。思わず叫んでいた。

「ヴォルテール！」

何年ぶりの邂逅だろうか。ヴォルテールがエミリをその父親の家で最後に見かけたとき、彼女はまだ十二、三歳の少女だったのだから、十五年近くの月日がすぎていた。

ヴォルテールは昔と少しも変わっていなかった。長身痩軀の体つき、哲人ふうの骨ばった肉感のない顔をふいに和らげる愛嬌のある笑み、鋭さと茶目っ気を含んでよく動く目の表情の豊かさ、エミリが少女時代に見なれていたヴォルテールのままであった。

だが、ヴォルテールの目の前に立つエミリは別人のようだった。勉強ばかりしていた飾り気のない小さな少女が大人の女になり、背丈もぐんとのびて、あでやかな装いの貴婦人に変身していた。ヴォルテールは少しどぎまぎした。

「お久しゅうございます。お会いできて光栄です……」

シャトレ夫人はその言葉をもどかしそうに遮った。

「なんて奇遇なんでしょう、夢のようだわ！」

人目もはばからず、彼女はいきなりヴォルテールの首に手をまわし、その唇にキスをした。外見はすっかり変わっても、少女時代そのままの自由でおおらかなエミリの姿がそこにあった。

その日、ヴォルテールがオペラ座にやってきたのは、予定外の行為だった。

ほんとうは、のんきに観劇などしていられる状況ではなかった。引越しと身辺整理に忙殺されていて、おまけに下痢に悩まされていた。彼がやっかいになっていたフォンテーヌ・マルテル夫人が病死して、彼女の館を去らざるをえなくなり、これを機に、これまでの放浪者のような生活をやめて、パリに自分の住居を構える決心をした。四十歳に手がとどく年齢になって、ようやく落ち着く気になったのだ。

とても外出するような心境ではなかった。けれど、その日のオペラ座の出し物『愛の帝国』は、旧知の友モンクリフの作だった。ヴォルテールも協力した作品だが、前評判があまりよくなくて、失敗がささやかれていた。放っておくわけにはゆかない。

「どうしても成功させたい。とにかく盛大に拍手をして、観客をもりあげなくちゃね」

そういうわけで、体調不良と身辺雑事をおしてオペラ座に駆けつけたところ、そこでぱったり会ったのが、昔エミリの父親ブルトゥイユ男爵の家でよく顔を合わせていたオペラ作家デュマであった。

「きみ、シャトレ夫人を知っているだろう。きみが懇意にしていたブルトゥイユ男爵の娘だよ、ここに来ているんだ、会わせてあげよう」

こうして、ヴォルテールは、エミリが同伴していたサン・ピエール公爵夫人の仕切席に導かれたのであった。

偶然の再会、いやもしかしたら偶然ではなかったのかもしれない。ふたりとも人生におけるひとつの転換期にさしかかっていた。かりに、彼女とヴォルテールとの邂逅がもう三、四年はやかったとすれば、それはフランスの知的歴史に刻まれる出来事にはならなかったかもしれない。

エミリが結婚して出産し、社交界の陶酔と絶望に揺さぶられながら、自分のあゆむべき道を模索していたとき、ヴォルテールのほうも紆余曲折に満ちた人生に身をゆだねていた。二十四歳で書いた最初の戯曲『オイディプス王』の大成功で、ヴォルテールはいちやく将来を嘱望される新星となり、芸術を愛好する名士たちからひっぱりだこにされた。だが、その反面、その諷刺精神に敵愾心をいだく者も少なくなく、高貴な生まれでもないのに横柄な態度をとり、大胆な教会批判を公言してはばからない彼は、摩擦の絶えない生活をしいられていた。

エミリがシャトレ侯爵と結婚したころ、ヴォルテールのほうは、たいへんな災難に遭遇していた。劇作家として名をはせる鼻持ちならないこの男を懲らしめてやろうという名門騎士ロアン・シャボの差し金で、彼は、三人の豪腕の男にとりかこまれて、棍棒で殴打された。

憤激したヴォルテールは、司法による裁きを要求し、もし聞き入れられなければロアン・シャボに決闘を挑むといきごんだが、無駄だった。いざというときに物を言ったのは、ヴォルテールの名声や才能よりも、ロアン・シャボの家名であった。

逆に、ヴォルテールは、保護のためという口実でバスティーユ牢獄に閉じ込められ、イギリスへの亡命を条件に解放された。

だが、イギリス行きは、かならずしも彼の意に反するものではなかった。ヴォルテールは以前からこの国に興味をいだいており、いわば、それはいい機会だった。

一七二六年、ヴォルテールは三十二歳でロンドンに渡った。ちょうどそのころ、エミリはパリで第一子を出産している。

ロンドン滞在ちゅう、ヴォルテールは、詩人ポープや、諷刺作家スウィフトや、哲学者クラークなどと出会い、ニュートンの理論やロックの思想とじかに接した。

ヴォルテールは、英語の習得のために、しげしげと劇場にかよった。芝居を見る前に、かならず脚本を入手して、目と耳の両方から言葉の勉強をした。そうして発見したのが、シェークスピアの悲劇であった。このイギリスの大作家は、フランスでは、まだほとんど知られていなかった。ヴォルテールは、シェークスピアに深い感銘をうけた最初のフランス人作家のひとりだったのだ。

イギリス滞在は、その後のヴォルテールの知的遍歴に決定的な影響をあたえることになる。

ヴォルテールがイギリスから帰国したころ、エミリのほうは、はじめての愛人ゲブリアンの裏切りに悲嘆の日々をおくっていた。

ひっそりとパリに戻ってきたヴォルテールはまず住む場所に困ったが、さいわいにして、以前から目をかけてくれていたフォンテーヌ・マルテル伯爵夫人が、その館に彼の居場所をつくってくれた。

ヴォルテールは、亡命という災難にあったくらいで心を入れかえるような男ではなく、帰国してまもなく書いたスウェーデン国王カルル十二世の伝記は、不穏当な記述があるという理由でさっそく発売禁止となった。発禁処分をくった本は売れるのが相場というもので、この著作は地下で流通し、かなりの人気を博した。

そして、その翌年、悲劇『ザイール』が大ヒットする。初演の日からパリじゅうの評判になり、どこのサロンでもこの話題で持ちきりになった。

この戯曲は悲しいラブ・ストーリーで、舞台は十字軍の時代、そのヒロインの名がザイールである。彼女は、イスラムのスルタン（君主）への愛と、キリスト教の自分の家族への忠誠心とに引き裂かれて懊悩し、キリスト教徒たちの非寛容ゆえに悲劇的な死をとげる。

この悲しい物語は観客に涙を流させ、その成功によりヴォルテールは押しも押されもしない名声を確立した。

『ザイール』の筋立ては『オセロ』を思わせ、あきらかにシェークスピアの影響がうかがえるが、宗教に対する告発というヴォルテールの思想はここでもはっきりと貫かれている。どんなに人気が出ても、彼はいつも多くの敵の攻撃に苦しめられていた。

ヴォルテールは、向こう見ずな若者のように、過激な筆致で騒動をおこしながらも、つぎつぎに新しい作品にとりくんでいた。恋仲になった女は何人もいたし、自分を庇護してくれた女もいた。だが、彼は深いところで理解しあえる伴侶を求めていた。

少女時代から知っていたエミリと久々の再会をはたしたのは、そんな時期だった。

彼女は二十六歳、ヴォルテールは三十八歳、ふたりとも自分の内にかかえた激しさを自分で律することができずにいた。ヴォルテールは心の支えを、エミリは空虚を満たしてくれるものを求めていた。

美しきエミリ

ヴォルテールはエミリにほとんど一目惚れした。それまで知ったどんな女とも違うものを、彼女の中に見いだした。社交界の遊びに埋没していても、エミリの聡明さが少しも輝きを失っていないことを、彼の鋭い目はすばやく見抜いた。

シャトレ夫人をその知性と強烈な個性ゆえに愛した唯一の男が、ヴォルテールだったのである。これに対して、エミリがヴォルテールに抱いた好意は、恋情よりむしろ友情に近いものだったが、二度の失恋で生じた心のすきまにヴォルテールが入りこんだ。

ふたりが愛人どうしになるのに、さほど時間はかからなかった。
愛がはじまるときの、あの甘美な時期に、ヴォルテールはこんな詩を書いている。

なぜこの歳になって、わたしをこんなに燃え上がらせたのか
若い日にわたしは何をしたのだろう
それは、失われた日々、わたしは愛を知らなかった
若き日の錯誤の中で、わたしは探しもとめた
あの愛の神、欲望の神を
だが、見つけたのは、外見だけの像
抱きしめたのは、快楽の幻影だけだった……

シャトレ夫人は私生活についてあまり隠し立てをする性質ではなく、うわさ好きの連中の口どめをしておくなどという気配りにはまるで無頓着だったので、社交界ではとかく風評の立つ存在だった。ヴォルテールとの仲もまたたくまに半ば公然としたものになった。
ヴォルテールの詩はシャトレ夫人の美しさをたたえる。

聞いておくれ、素敵なエミリ
あなたは美しい、だから、人類の半分は
あなたの敵になるだろう……

広い聡明な額、きらきらした瞳のかがやき、生気あふれるバラ色の頬、しっかりとした肩のライン、長身ですらりとした姿態、きびきびした動作。彼女の美しさは、知と力の躍動と横溢が生みだす優美であった。

だが、美醜の判断はそもそも主観的なものである。ヴォルテールが魅力あふれる姿にえがいたシャトレ夫人も、彼女に反感をもつ者にはひどく醜い女にうつったようだ。

その人たちにとって、エミリは、学究という男の牙城に平然と足をふみいれ、社交界では天衣無縫に振る舞い、おまけに人気作家ヴォルテールを独り占めにしようという身のほど知らずの野心家なのだ。当然ながら、彼女に嫌悪感をいだく者は少なくなかった。

その筆頭は、パリ社交界の女王とよばれたデファン夫人である。彼女の書簡集は、十八世紀の社会や人びとを活写する文学作品として歴史にのこされている。

デファン夫人は、容赦のない残酷な筆致で、シャトレ夫人像をえがきだす。

ヴォルテールいわくの「美しきエミリ」とは、このデファン夫人によれば、長身でぎすぎすしていて、胸も腰もぺちゃんこだが、腕や脚は太くて、足は大きく、赤ら顔で、鼻はとがっている。自分のそんな容貌をカバーするために、髪の毛をカールさせ、宝石だの房飾りだのガラス玉だの、ありとあらゆる手段で身を飾りたてている。自然に反して美しくみせようとするあまり、出費がかさんで、日常生活の必需品まで節約しなければならないほどだ。

軍隊で生活する夫シャトレ侯爵に、エミリとヴォルテールにかんする風評がどの程度までとどいていたのか？　彼女はヴォルテールのことを夫に隠すようなことはしなかったが、あくまでもシャトレ家の友人として話した。

ヴォルテールはエミリに会いによくシャトレの館を訪れたが、使用人たちの前では、ふたりはしばしば英語で話したものだった。そうすれば、聞かれたくないことが、夫の耳に入る恐れはない。もしかしたら、それは夫に恥をかかせないための気づかいだったのかもしれない。

前にもふれたが、当時の貴族社会では、不倫は悪ではなく、夫婦の貞操などむしろ時代遅れだった。だが、婚姻の秘蹟は冒すことのできないものだとする教会の教義は厳然として存在していた。

だから、モラルの中味はともかく、その外見だけは守らなければならず、それが社会的作法《ビアンセアンス》というものだった。愛人をもつことに、エミリはまったく良心の呵責を感じることがなかったが、それでも、夫婦としての体面を保つことは忘れていなかった。つまり、社会的作法は重視していたのだ。

シャトレ侯爵は妻の自由を拘束するような夫ではなく、のちにも見るように、いざというときには妻の支えとなってくれる優しい男だった。エミリのほうも愛人をもちながらも夫への気配りは怠らず、シャトレ家や夫の昇進のために奔走することもあった。ふたりの間にはつねに思いやりと敬意があり、放縦なモラルの支配したこの時代にあっては、仲のよい夫婦と言ってよいだろう。

だが、ひとつ謎がある。シャトレ侯爵は、ほんとうに妻とヴォルテールとの関係を友情にもとづく知的交換とだけ考えていたのか。それとも、シャトレ家の家名が保たれるかぎり、妻の恋愛を黙認していたのか。

わたしとしては、後者のような気がする。当時すでにヨーロッパじゅうに文名をはせていたヴォルテールと親しいということは、シャトレ家にとってけっして悪いことではなかったに違いない。

では、シャトレ侯爵のほうにも愛人がいたのだろうか。残念ながら、彼の私生活にかんする資料は何も残されていない。シャトレ侯爵が歴史に名を留めることになったのは、妻エミリによってなのだ。しかし夫には夫の愛人がいたと考えるほうが、おそらく自然だろう。

エミリを戯れの恋の相手としか見なさなかったこれまでの男と違って、ヴォルテールは彼女に心底ほれこんでいた。同じ知的関心と価値観を分かち合え、思想や感受性において共通項をもつ女に、彼ははじめて出会ったのである。

しじゅう抗争の渦中におかれているヴォルテールには、自分をほんとうに理解してくれ、守ってくれる聡明な女が必要であった。彼がエミリの中に見いだしたのは、ただの愛人ではなく、知的な結合にもとづいて持続的な愛をはぐくむことのできる伴侶であった。

エミリも彼に深い愛情を抱いたことは間違いない。ヴォルテールの非凡さは彼女を惹きつけた。彼が活気づいて話すとき、奔流のようにとびだす言葉の豊富さは、彼女を驚嘆させた。そんなとき彼は頬を紅潮させ、その目には火のようなものが宿り、その表情は驚くほど豊かな変化をみせる。ヴォルテールは抗しがたい魅力をもつ男だった。

だが、満たされない愛に苦しんだエミリが渇望していたのは、身を焼きつくすような激しい恋である。彼女にとって肉体的充足は、精神的充足と同じくらいなくてはならないものだった。彼女は疲れを知らずに喜びを求め、満ち足りた顔を恋人にみせることがめったにない。悲しいかな、ヴォルテールはさほど官能の強い男ではなく、エミリにこたえるだけの身体的能力を持ち合わせていなかった。

彼女は情熱なしには生きてゆけない。幾何学に打ち込むと寝食を忘れ、ギャンブルにのりだすと歯止めがきかなくなり、恋する人には全一的な愛を求める。

エミリは精神的彷徨のなかにいた。

娘時代につちかった知的探究心がふつふつと湧きあがってくるときには、夜を徹して文机に向かう。といっても、オペラだのギャンブルだのと遊びあるくことを止めたわけではなく、それでいながら、そんな浮かれ騒ぎの虚しさはもう嫌というほどわかっていた。

なにかに情熱をぶつけようとしながら、すべてが不完全燃焼で、それが彼女の生活を散漫なものにしていた。

ヴォルテールは、エミリのなかに自分にはない知的能力をみていた。その才能が社交界の気晴らしで浪費されてゆくのを、残念がっていた。彼の詩にこんなくだりがある。

ホラティウスやニュートンにも匹敵する天分をもちながら
うんざりさせられる社交界やトランプの勝負師たちと
彼女は日々をおくっている

デカルトかニュートンか――知識人の宗教戦争

ヴォルテールとの愛は、エミリに穏やかな幸せをあたえた。彼女は、ときおり、悪友のサン・ピエール夫人とその愛人とともにヴォルテールの新居を訪問し、テーブルをかこみながら、ヴォルテールの戯曲について話に花を咲かせたものだった。

けれど、この平和な幸福が、フランス屈指の数学者、ピエール＝ルイ＝モロー・ド・モーペルチュイが彼女の前にあらわれたことで、いっきょにかき乱される。

モーペルチュイは、ヴォルテールより四歳若いだけだが、活力を全身にみなぎらせたようなその風貌は、彼を年齢よりずっと若くみせていた。はやくから数学に目ざめ、いったんは軍人になったものの、再び学問に戻り、若くして王立科学アカデミーのメンバーに選出された。

ヴォルテールは、ある日、シャトレ夫人の家にモーペルチュイを連れていった。数学に意欲を燃やす彼女を、ぜひこのすぐれた数学者に引き合わせておきたかった。意図せずして、ヴォルテールはわざわざ恋敵をつくってしまったのだ。

けっして美青年ではないのだが、天性の陽気さと旺盛な好奇心をもち、エネルギッシュで冒険心にあふれ、ふてぶてしいほど大胆な数学者モーペルチュイは、社交界の貴婦人たちにもてた。数学だけでなく、天文学、博物学、哲学・神学と、彼の学殖はきわめて幅がひろく、いつも飛んであるいているような男だった。女に惚れっぽい性質なのだが、自由を束縛されたり、義務を課されたりするのを嫌い、ひとりの女に忠誠をつくすことのできない浮気者だった。

目下のところ、モーペルチュイは、フランスの科学界に喧嘩を売っていた。ニュートンの万有引力説を認めさせようとしていたのである。

ニュートンが、ガリレイの慣性の法則やケプラーの運動法則、ホイヘンスの振動論などを統合したうえで構築した万有引力説を発表してから、すでに五十年近くの歳月が流れて

ルネ・デカルト（左、René Descartes　1596~1650）とアイザック・ニュートン（Isaac Newton 1642~1727）

いたが、フランスではこのイギリスの大学者の理論はまだほとんど受け入れられていなかった。いや、知られてさえいなかった。

このニュートン説をはじめて本格的にフランスに紹介したのが、モーペルチュイである。

当時、惑星の運動を説明するのに、フランスの科学者たちが信奉していたのは、デカルトの渦動説であった。ニュートンのとなえる引力とは、離れた物体がおたがいに及ぼしあう力だ。ニュートン説によれば、天体と天体とのあいだの引力は、広大な真空の空間を隔ててはたらいているのであり、そこには何の物質の介在もない。

ニュートンより半世紀ほど前、フランスの哲学者デカルトは、それと正反対の説をとなえていた。デカルトは、真空の存在を否定する。彼によれば、宇宙は無限の広がりをもつ等質な物質で満たされていて、運動はその物質によって伝えられる。ひとつひとつの惑星は、その物質からなる渦にとりまかれており、そして太陽を中心とする大きな渦動が、それらすべての惑星をとりまいている。だから、惑星は太陽を中心とする軌道をえがいて運動しているのだ。

デカルトは、中世以来の神学的世界観にかえて、精神にとって明晰判明なもののみを拠りどころとしながら、あらゆる知識を、数学の厳密さを模範とする合理的方法で再構成しようとした。彼は近代哲学の祖と呼ばれているが、その理論は彼の存命中には受け入れられなかった。地球が太陽のまわりを回る惑星であることを公然と肯定することさえ危険な行為であった。だが、その時代には認められなかったデカルトの考えは、一世紀という歳月を経て、エミリの時代には、科学アカデミーの殿堂に君臨する理論となっていた。

そして、こんどは、このデカルトという権威が、たたかいの標的になろうとしていた。

それは、あらゆる理論や学説がたどらなければならない運命なのかもしれない。

ヴォルテールがイギリスに亡命してロンドンに滞在していたころ、モーペルチュイもロンドンに渡っていた。そこでニュートン理論を発見し、帰国するとさっそく『天体形態論』という著作をあらわし、万有引力説の正当性を主張した。デカルト説に傾倒する学者たちのあいだに、気鋭の若手数学者モーペルチュイが異端の説をひっさげて殴り込みをかけたわけで、王立科学アカデミーの激しい抵抗をひきおこさずにはおかなかった。

フランスの科学界はたちまちにしてデカルト派とニュートン派のまっぷたつに割れた。イギリス渡来のニュートン説に対してフランスが生んだデカルト説を守るために隊伍を組んだのは、科学アカデミーの権威者たちで、この陣営には『世界の複数性についての対話』で全ヨーロッパに名声をえたフォントネルをはじめとして、カッシーニ、レオミュールといった重鎮たちが顔をそろえていた。

これに対して、ニュートン陣営に結集したのは若手の学者たち、数学者のクレローやラ・コンダミーヌといった面々であった。

それは、権威に対する若者の反乱であり、知識人の「宗教戦争」であった。このたたかいがいかに峻烈なものだったか、現在の時点からは想像するのさえむずかしいだろう。

デカルト派にとって、ニュートン説がもっともバカげてみえた点は、二つの天体が真空の中で、それぞれの質量の積に比例し、天体間の距離の二乗に反比例する力で引き合っている、という考えだった。となると、そこには何か正体不明の隠れた力がはたらいていることになり、中世的なオカルト思想への回帰を思わせるからだ。これに対して、モーペルチュイは、もっぱら実際の観察結果との一致という観点からニュートン説を擁護した。

デカルトかニュートンかの戦いの火蓋は、切っておとされていた。論争は学者たちの枠を越えて広がり、サロンをわかせた。貴婦人たちのあいだではニュートン派のほうが少しばかり旗色がよいようであった。

ニュートン派の戦列にまっさきに加わったひとりがヴォルテールだった。モーペルチュイとヴォルテールはニュートンによって結ばれた戦友となった。ニュートン陣営は、まもなくシャトレ夫人を迎えるのだが、彼女の参加は、フランスに万有引力説を広めるのに決定的なものになるのだ。

ニュートンがラテン語で書いた『自然哲学の数学的原理』（通称プリンキピア）は、古代ギリシア幾何学ふうの形式をとったきわめて難解な著作であり、エミリのように数学とともにラテン語に精通した者でなければ、読みこなせるようなものではなかった。

フランスでは、他の国に先駆けて、科学の言葉としてフランス語がラテン語にとってかわっていた。一六三七年に出版されたデカルトの『方法叙説』はフランス語で書かれていたのに対して、その五十年後にニュートンがあらわした『自然哲学の数学的原理』はラテン語で書かれていたのは、象徴的だ。

エミリの時代、知識人なら多少ともラテン語の心得はあったものの、彼女ほどしっかりとした古典ラテン語を身につけた者はすでに稀だった。

のちに、エミリはこのニュートンの大著の翻訳と解説という大仕事に乗りだすことになるのだが、そのためには、なお幾つもの試練にぶつかり、波乱に身を投じなければならなかった。

ヴォルテールかモーペルチュイか

モーペルチュイは、初対面から、エミリに強烈な印象をあたえた。彼女はちょうど数学の教師をさがしていたところだった。教わるのなら彼しかない、即座にそう心にきめた。

エミリはモーペルチュイとの橋渡しをヴォルテールに依頼した。

「最高の教師だと思うわ。あなたのほうから、ぜひお願いしていただきたいの」

モーペルチュイは教師などという時間的な拘束の多い仕事はもともと嫌いな性質だったが、ヴォルテールは、エミリが数学や哲学的思索においていかに傑出した女性であるか、さんざん宣伝して、モーペルチュイの同意をとりつけた。

モーペルチュイに師事することに執着したエミリの胸の内にあったのは、おそらく純粋に学問に対する情熱だけではなかっただろうし、それを引き受けたモーペルチュイの中に、女としてのエミリに対する関心もうごめいたことだろう。この名うてのプレイボーイが好みとしていたのは、知的な女だった。

そういうわけで、モーペルチュイはエミリの先生になると、たちまち彼女を誘惑してしまった。だが、すぐに彼女を口説いたことを後悔する。エミリは戯れに恋をすることのできない火のような女であり、放蕩者がもっとも苦手とするのが、そんな一途な女だ。

モーペルチュイは、彼女の数学の才には感服させられたが、すぐに、なんとか距離をおこうとしはじめる。エミリは、男が自分から逃げようとすればするほど、ますます執拗に追いすがるという愚行をふたたびくり返していた。

彼女はモーペルチュイから渡された数学書を熱心に学び、そして、同じ熱っぽさで手紙を書く。

「ずいぶん勉強したのよ。前回より少しは満足していただけると思うの。その評価をしにあす来ていただけたら、とっても感謝するわ」

それは、たんに彼に会うための口実だけではなく、数学への熱意もまた本物だった。結婚してから社交界に入り浸っていた自分の数学の実力が一流の学者に比べてまだまだであることを、エミリは、モーペルチュイとの出会いで思い知らされた。彼女にあっては、恋と学問への情熱とは分かちがたいものだったのだ。

モーペルチュイはつとめて冷淡につきはなそうとするが、無視されても無視されても、彼女は手紙を書くことをやめない。

どうしてもモーペルチュイの返事が得られないと、科学アカデミーに使いの者をおくったり、パリの学者たちの溜まり場になっている喫茶店カフェ・グラドに、彼をさがしにでかけたりした。高貴な女にはあまりふさわしくない、なりふりかまわない振る舞いだった。その執念に負けてか、それともその魅力に屈してか、モーペルチュイはときにはエミリの招きに応じた。彼の態度のそんな曖昧さはますます彼女の気持ちをかきたてた。

科学の公的機関が女に門戸を閉ざしていたこの時代、モーペルチュイとの出会いは、エミリにとって科学界に足をふみ入れる第一歩であったことも事実だ。彼をつうじてクレローやラ・コンダミーヌといった第一線の学者たちと親しく接することが可能になったのだ。

エミリは、ルーヴル宮殿で定期的におこなわれていた科学アカデミーの会合をぜひ傍聴したいと願ったが、それは女には許されないことだった。

パリの西側にあるモン・ヴァレリアンという小さな丘に、モーペルチュイは仕事のための家を持っていた。そこはニュートン派の学者たちの拠点でもあり、エミリはなんとか彼らの会合に参加したいと考えたあげく、ある夜、男装して馬に乗り、その家にでかけていった。彼女の変装はすぐ見破られたが、彼らは何事もないかのような風をよそおってくれた。

いっぽう、ヴォルテールのほうは、エミリが人目もはばからずにモーペルチュイにつきまとっているのだから、嫌でもふたりの関係に気づかずにはいられない。

モーペルチュイの訪問を期待して、エミリができるだけ自分の家にひとりでいたがるのを、半ば自嘲的なあきらめの気持ちでうけとめていた。だが、ヴォルテールはエミリを離すつもりはなく、彼女が自分のところに戻ってくるのを待っていた。

彼の『哲学書簡』による筆禍事件がおこったのはそんなときであった。

ヴォルテールはイギリスに亡命したとき、この国では下院と上院と王権のあいだに調和が成り立っていて、イギリス人はフランス人がまだ獲得していない自由を手にしていることに、非常に大きな感銘をうけた。

イギリス滞在中に観察したり接したりしたことを、ヴォルテールはせっせと書きとめてゆき、この見聞メモをもとにして、まず、『イギリス国民にかんする書簡』という英語の著作をロンドンで出版した。その著作のタイトルが、フランス語版では『哲学書簡』と改められた。

『哲学書簡』は二十五の手紙（章）からなり、大まかにいってつぎのテーマをあつかっている。宗教論、政治・経済論、科学・哲学論、文学論、パスカル批判である。

ヴォルテールはそのすべての側面からイギリスを賛美し、フランスを酷評している。

イギリスの議会制度は、イギリス国内での長い戦いの後に勝ち取られたものだが、これに対してフランスにおいて繰り返された戦乱はいったい何を生みだしたというのだ！

イギリスでは商人が自分たちの仕事に誇りを持っていて、貴族が商売を蔑視するようなことはなく、商業の発展が繁栄をもたらした。だが、フランスでは肩書きだけでなんの役にも立たない貴族がふんぞりかえっていて、商人を見下しており、商人のほうも愚かにも自分の職業を恥じている。国王や大臣の御機嫌とりに汲々としている貴族よりも、商人のほうがどれほど世界に貢献していることか！

『哲学書簡』は、フランス旧体制《アンシアン・レジーム》にぶつけられた最初の爆弾、と言われている。

パリの高等法院はこの著作を焚書処分にし、逮捕状が出されたヴォルテールは辺境のシレー城に逃亡しなければならなかったことについては、すでに言及した。

当初から、エミリは、ヴォルテールのこの著作のことを心配していて、「くれぐれも慎重に行動してくださいね」と忠告し、彼は、けっして軽はずみな真似はしないと約束していた。フランスで出版するときには、表現をやわらげ部分的にカットし、著者の名はふせることにした。

だが、ヴォルテールの言動は矛盾していた。慎重に振る舞うという言葉とは裏腹に、フランス語版で、フランス最大の哲学者パスカルに対する批判に筆を加えて、フランスの誇りをいっそう逆なでするような内容にし、印刷業者には急がないと言いながら、わざわざ校正をもどして、まるで本当はせかしているかのような態度をとっていた。

ヴォルテールは内心危険を恐れながらも、どうしても危険を呼びよせないではいられない。一見まったく異なった性格にみえながら、エミリとヴォルテールはよく似ていた。ふたりとも、相手のことについては冷静な判断ができるのに、自分の中の魔物をおさえることができない。

だが、ヴォルテールをおそったこの災難は、彼とエミリとの絆を強固なものにした。

第一章ですでに触れたが、エミリは、なおしばらくのあいだヴォルテールとモーペルチュイのあいだを揺れ動きながら、パリとヴェルサイユの社交界をとびまわる日々をおくっていたが、ついにそんな散漫な生活と決別して、シレー城でヴォルテールと学究生活を共にする決心をする。

こうして、十八世紀フランス最大の愛と知の冒険と呼ばれた、ふたりの共同生活がはじまるのである。

第四章

ふたりの隠遁者

学究の日々

エミリとヴォルテールは、シレーのことを「砂漠《デゼール》」と呼んでいた。

この時代、「砂漠」は、特別の含意を秘めた語だった。その前の世紀、権力の迫害をうけた新教徒たちの一部は、国外に移住するかわりに、接近困難な山地に逃げこみ、小さな集団をつくって、自分たちの信仰をまもった。そうした奥地の避難所が「砂漠」の名でよばれていたからだ。

ヴェルサイユとパリの社交界から身を引き、そこでのあらゆる楽しみを捨てて、エミリがこの砂漠の城にこもることは、高邁な精神なしにはできなかっただろう。

だが、いったんパリの喧騒から解放されてしまうと、シレーに来るのをあれほどためらっていたのが、まるで嘘のようだった。彼女は、たちまちにして密度の高い学究生活の喜びと興奮に満たされた。

結婚して、華麗な遊びの世界に身を投じてからすでに十年の歳月が流れてしまったことに、あらためて驚いていた。

わたしは、自分の魂と時間をどうしてあれほど浪費することができたのかしら。髪の毛や爪の手入ればかりに気をとられ、精神と知性を磨くことを怠ってきた。使わない筋肉は衰えてくるのと同じように、思索の停止状態をつづけていると、思考力は錆びついてくる。なんと無駄な時間を過ごしてしまったのでしょう。

だが、学究に没頭した少女時代にきたえた頭脳がその柔軟性を取り戻し、みずから自分に課した過密なスケジュールの中でフル回転するのに、さほどの時間はかからなかった。

シレー城での共同生活がはじまると、エミリもヴォルテールも、なにかに飢えているような激しさで、知の探究にうちこんだ。

ふたりの愛人はめいめい自分の部屋で仕事をしていたが、お互いに相手の意見をもとめる必要のあるときは、それぞれの部屋から手紙を送りあった。同じ城内にいながら、一日に何度となく手紙が往復したものだった。エミリとヴォルテールがこの城の中で交換した手紙は数百通にのぼると言われているが、残念ながら、そのほとんどは、失われてしまった。

ヴォルテールは一度にいろんな企画に手を染めていたが、とりわけ、腰を落ち着けてニュートン理論にとりくみ、以前から構想していた『ルイ十四世の世紀』という大著の執筆にかかった。

エミリは代数の猛勉強をはじめた。彼女はヨーロッパじゅうで出されている物理学上の学説や論文を網羅的に検討する計画をたてていて、それには、数学の力をもっと深めなければならない。

パリでは紅やパウダーをしっかり塗って、リボンやレースや宝石や房飾りで目いっぱいのおしゃれをしていたエミリだが、この田舎での服装はシンプルそのもの、花柄のインド綿のドレスに大きな黒いエプロンをつけ、化粧っけはなく、髪粉をふっていない濃いブルネットの髪をアップに結っていた。そんな格好がとてもよく似合っていた。

真夜中に仕事をするという彼女の習慣はここでも維持され、朝五時か六時ころにベッドにつく。睡眠時間は短く、午前十時にはもう目を覚ましている。

ヴォルテールの部屋で共に過ごす朝のコーヒー・タイムは、共同研究の時間でもあった。このふたりの哲学者たちは、神や宇宙や人間にかんするすべてを検討に付そうという意気込みに燃えていた。ロックの思想や諷刺作家スウィフトについて議論し、イタリアの詩人タッソやアリオストの作品を朗読しあった。

考察の対象にした最初の作品のひとつは、イギリスの諷刺作家マンデヴィルの『蜂の寓話』（一七一四年）だった。この作家がとなえた意表をつくような大胆なパラドックスは、当時、ヨーロッパじゅうで注目をあびていた。

『蜂の寓話』は、神学や倫理が悪徳として非難する人間の自然的欲望こそが、公共の利益になると主張する。金銭欲は企業を豊かにし発展させる。商人はイカサマ師だが、テーブルに沢山のごちそうをのせることができるのは、彼らのおかげだ。大酒飲みは、酒屋や居酒屋に生計をたてさせ、国庫に税収をもたらす。泥棒がいなければ、錠前師は飢え死にするだろう……。

エミリもヴォルテールも、マンデヴィルの見解に全面的に同意したわけではなかったが、マンデヴィルの批判精神、自由な価値判断、宗教にもとづかない道徳観には、共鳴できるところがあり、ふたりで人間や社会を論じあう素材として格好だった。

エミリは、英語力アップのために、この『蜂の寓話』のフランス語訳にとりくんだ。その「訳者まえがき」で、彼女は思うにまかせていろんなことを語っているが、その中でいちばん面白いところは、女がいかに知的世界から締め出されているかを憤激をこめて論じているところだ。もしわたしが国王なら、人類の半分を排除するという悪弊を改革し、女をあらゆる知的活動に参加させるだろう……。エミリはそんなふうに書いている。

聖書批判は、この時代の知識人の共通のテーマのひとつだったが、シレー城のふたりの哲学者たちも、旧約聖書と新約聖書の批判的考察に長い時間をさいた。

創世記の記述は天文学の理論に反している。まず地があって、つぎに光がつくられ、光と闇が分離されるというのは、なんとばかげた話だろう！　太陽を大きな光、月を小さな光とみるのもおかしい、月は自分で光っているのではなく、太陽の光を反射しているだけではないか。

マリアはヨセフと生活を共にする前に聖霊によって身ごもり、イエスが誕生したというが、彼女はほかにも息子や娘を産んでいる。ということは、イエス誕生の後は、マリアは処女ではなくなったのか？　主は、アマレクがイスラエルに対してはたらいた悪事を罰するために、男も女も子どもも乳飲み子も家畜も、アマレクに属するものをいっさい滅ぼしつくすことを、サムエルに命じた。こうも残酷で、怒りっぽく、復讐心にみちた聖書の神を、はたして至高の存在と呼べるだろうか……。

朝のコーヒー・タイムに、エミリはヴォルテールといっしょに、聖書を一節ずつ読んでは検討し、その記述の矛盾や整合性のなさや理不尽な神の意図を徹底的に分析した。

現在なら、こうした合理的精神だけにもとづいた聖書批判は微笑を誘うかもしれないが、キリスト教が千年あまりにわたって、ヨーロッパ人の世界観の基礎となり、あらゆる面で社会生活を律してきたことを考えれば、知識人たちが聖書を容赦なく俎上に乗せなければならなかったことは理解できる。

エミリは、聖書批判を詳細に書き綴った。その草稿は数百枚におよぶものとなった。もちろん、それは出版のためではなく、そんな過激な著作の出版が許可されるはずもなかった。エミリのこの仕事は、この時代に書かれた多くの聖書批判と同じように、地下作品として保存されることになったのだ。

エミリは、聖書がえがくような神は否定していたが、無神論者ではなかった。彼女にとって、神とは、論理的必然から導きだされる存在だった。

わたしというものが存在するのだから、たしかに何かが存在している。その何かが存在するためには、それを創造したものが存在しなければならない。さもなくば、その何かは無から生じたことになり、それは論理的にありえない。だから、他のどんな存在にも依拠せず、それ自体として永久に存在するものがなければならない。大文字で書かれる「存在」、始まりも終わりもない至高の知、それが神なのだ。

エミリの考え方は、当時、先進的な科学者や哲学者たちが共有していた理神論に属する。この点でも、彼女は時代の人であった。

エミリとヴォルテールが砂漠と呼んだシレー城に、ふたりが見いだしたのは、知的ときめきに満ちたしあわせであった。目下のところ、探究と執筆を中心にしていとなまれる愛人たちの日々に影を落とすものは何もない。

ヴォルテールによって改修されたシレー城は、すばらしく居心地のよい住居に生まれかわっていた。

ヴォルテールの部屋とエミリの部屋は、まったく趣が違うインテリアで飾られていた。

ヴォルテールの部屋の棚には、首をふる人形だのコウノトリが背負っているかたちをした柱時計だのといった珍しい置物や銀の小皿、いろんな銀製品を詰め込んだ小箱、豪華な指輪が幾つも入っている宝石箱などがおかれている。赤いビロード張りの壁を飾っているのは、オーク材の立派な額に収められた何枚もの見事な絵画だ。

エミリの部屋は、がらりと雰囲気がちがう。壁もベッドもカーテンも、彼女の好きな水色と黄色で統一されている。鏡が張られたドアを開けると図書室にいたり、そこには約一万一千冊の書物が収められている。その時代の大学図書館なみの規模だ。ふたりの探究心がいかに旺盛だったかを物語っている。

彼女の部屋でもっとも豪華なのは、陶製のタイルが敷きつめられ、大理石の上張りのしてある浴室と、それにつづく、淡緑色の板張りの化粧室だ。ブドワールの名で呼ばれる小部屋はテラスに面していて、そこから峡谷のすばらしい眺めが一望できる。

他人にはちょっと真似のできないこの隠遁生活を、ふたりとも誇り高く思い、自分たちの独創的な幸せに酔いしれた。お互いにたたえ合い、いささか子どもっぽい喜びで自分たちを包容してくれる自然を発見し、ずっと一緒に生活してゆくことを誓い合った。

性格の強いふたりの人間がつねに顔をつき合わせて暮らすとき、それは必然的に束縛をともなう。けれど、ふたりとも、ぎくしゃくした感情をひきおこすようなものは丁重に取り除き、相互にいたわり合っていた。お互いに相手を拘束していることは知っていたが、それよりも、ふたりで味わう喜びのほうが大きかった。

恋人たちは、愛がはじまる時にしかない、あの甘美なやさしさに抱かれていた。悲しいかな、それはけっして永久にはつづかない。異なった人間が完璧な調和をたもっているように感じるとき、しばしば無意識のうちに何かに目を伏せている。ほころびが何処かに生じたとき、見るのを避けていた現実が、その分だけ過酷なかたちをとって眼前につきつけられるのである。

訪問者たち

ヨーロッパじゅうに盛名をはせるヴォルテールと女学者エミリが世捨て人のように籠もっているこの古城は、人びとの好奇心をかきたてないはずはなく、まもなく、ふたりはいろんな友人たちの訪問をうけるようになる。

最初の訪問者のひとりは、若いイタリアの碩学アルガロッティ、まだ二十三歳だったが、ラテン語、ギリシア語をはじめ、ヨーロッパのおもな言語のほとんどに通じていて、詩人であるとともに数学者・天文学者でもあった。

アルガロッティは『淑女のためのニュートン学説』という本を執筆中で、エミリやヴォルテールとの意見交換を望み、一か月あまりシレー城に滞在した。エミリとヴォルテールにとって、ニュートン理論は共同研究の重要なテーマのひとつだったので、ちょうどよい機会だった。エミリはニュートンのラテン語原書の翻訳について考えはじめ、ヴォルテールは、彼女に助けられて、『ニュートン哲学概要』の執筆にとりくんだ。

エミリのかつての愛人リシュリュー公もやってきた。その訪問でエミリがいつになく華やいだ様子を見せ、ヴォルテールはひやひやさせられたが、彼が二日滞在しただけで帰っていったときは、ほっとしたものだった。

有名なスイスの数学者ベルヌーイやフランスの若手数学者クレローもやってきた。司法官エノーのように旅の途でこの城を訪れて二、三日滞在する客人もあれば、後に作家として名を残したグラフィニ夫人の場合のようにその滞在が二か月にわたることもあった。エミリとヴォルテールにふさわしい多彩な顔ぶれの訪問者たちであった。

客人たちは、ときには驚嘆をこめ、ときには皮肉を交えて、この異色の愛人たちの共同生活を興味しんしんの目で観察した。

だが、客人たちの滞在中も、エミリとヴォルテールが自分たちの仕事の時間帯を変えることはめったになく、彼ら自身の日課を守っていた。ふたりが客人たちの前に姿を見せるのは、特別なお祭り騒ぎの日を別とすれば、朝のコーヒー・タイムと、夜九時にはじまるディナーのテーブルだけだ。

シャトレ夫人とヴォルテールのシレー城での暮らしぶりが後世に伝えられたのは、こうした訪問者たちの証言のおかげだが、他の住人たちとは違うリズムで過ごすふたりの生活のもっとも親密な部分は、かなり謎につつまれている。

ある訪問者にとっては、シレー城は「魔法の城」であり、そこでは、物理の実験器具がごたごたと置かれ、xの記号で埋めつくされた紙が積まれたテーブルに、ダイヤモンドの飾りを身にまとった女神が肘をついて思索にふけっている。また、別の人にとっては、それはおとぎ話の城のようであり、おどろくほどの豪華さの中でしあわせに暮らす二人がいて、男のほうは詩作に励み、女のほうは数学に没頭しているのだ。

エミリは、息子フロラン＝ルイをシレー城に連れてきていたが、その世話は家庭教師リナンにまかされていた。娘ポリーヌのほうは、シレーからさほど離れていない修道院にあずけられていて、ときおり母親に会いにシレー城にやってきた。

だが、まもなく、ポーランド王位継承戦争の停戦が成立し、夫シャトレ侯爵がシレー城にやってきた。

夫と愛人とともに同じ城で生活することは、エミリにとってあまり居心地のよいものではなかっただろうが、侯爵は、軍隊生活の疲れを癒すために城では寝てばかりいて、邪魔な存在にはなりえなかったようだ。彼は、エミリやヴォルテールの知的活動に首をつっこむことはなく、生活のリズムもふたりとはまったく違っていた。

エミリもヴォルテールも朝食はとらない。朝テーブルにつくのは、息子フロラン＝ルイとその家庭教師、シャトレ侯爵がきているときには、お供の者とともにそこに加わる。客人たちはといえば、希望する者だけがテーブルをともにした。

午前十一時、コーヒー・タイムがはじまる。ヴォルテールの部屋でコーヒーを味わいながら、ありとあらゆる問題を論じ合う。七面倒な論議を苦手とする侯爵はけっして顔を出さなかったが、客人たちはたいていコーヒー・タイムに参加した。

エミリとヴォルテールは昼も食事をしないが、侯爵のほうはたっぷり昼食をとる。いっしょにテーブルにつくのは、ここでも息子や家庭教師の面々、客人たちはめいめいの意志にまかされていた。

午後の時間は各自が好きなようにすごす。エミリとヴォルテールは、それぞれの部屋で自分の仕事を続行するのが常だった。

最大の娯楽

学究に明け暮れる生活とはいえ、娯楽の時間がなかったわけではない。

気候がよい晴れた日には、午後の仕事を休んで、エミリとヴォルテールは丘陵の麓を流れるブレーズ川岸のほとりを馬に乗って散歩することもあった。ときたまヴォルテールは銃をかついでシカ狩をしに森の中にわけいったものだが、そんなときエミリも愛馬にまたがって同伴した。

何か祝い事がある日には、この午後の時間が、夕食後におこなわれる芝居のリハーサルにつかわれた。十八世紀フランスの貴婦人たちの演劇熱はたいへんなもので、自分たち自身で芝居を演じ、歌をうたい、ときには職業女優顔まけの演技力を発揮した。エミリもそんな女たちの一人だった。

シレー城の屋根裏には、小さな劇場がつくられていて、ここで芝居をすることが、エミリにとって、辺地暮らしの最大の娯楽であった。

まるでミニチュアのように可愛らしいこの劇場はサロンくらいの大きさしかなく、観客席は十五人も入れば満員になり、舞台は、現代人の目から見れば、人形劇がようやくできる程度のサイズだ。

この小さな劇場は、フランスにおいて保存されているもっとも古い劇場のひとつで、一九九九年、エミリの時代のものを再現するかたちで改装されたそうだが、わたしがシレー城を訪問したときは、まだ手つかずのままだった。

長い年月を経て、床も天井も壁も灰色とも茶色ともつかない色調をおびた、この小さな劇場の中に入ったとき、ほんとうに十八世紀の世界に運ばれてきたような感慨をおぼえたものだった。

舞台の袖に直接つながる狭くて急勾配のらせん階段を降りると、これもまた小さな部屋にいたった。楽屋としてつかわれていた所だと聞かされると、この古色蒼然とした部屋に、舞台衣装に着替えて出番を待つ役者たちの影がうごめいているかのような錯覚にとらわれた。

主演女優はいつもエミリで、当然ながらヴォルテールも演じたし、他の配役には、城の客人や息子の家庭教師、メイドや従僕たち、さらには近隣の住民たちまで動員された。シャトレ侯爵の滞在中なら、彼もまたひっぱりだされたものだが、ひどい大根役者で、演じるというよりは、舞台におかれた書見台を見ながら読み上げるといった感じだった。ままごとのようなこの舞台で演じられたのは、主としてヴォルテールの戯曲だったが、彼はその演出に、まるでパリの大劇場の催し物であるかのような意欲をみせた。彼がシレー城の芝居にそれだけの熱をそそいだのは、自分のためにパリの社交界を捨てたエミリに、息抜きと娯楽の時をつくってあげたいという気持ちからだったのだろうか。

お祭り騒ぎの好きなエミリにとって、芝居を演じるために祝いの日を案出するのはわけのないことだった。謝肉祭だから、シャトレ侯爵が客人を迎える日だから、シレー城に珍しい訪問者がくるから……。

ただ問題は、リハーサルも本番も、エミリのペースでおこなわれるため、ときには凄まじいテンポになることだった。彼女がとくに乗り気のときは、一日のうちにオペラをひとつ、悲劇をひとつ、喜劇をひとつ演じてしまうというありさまで、そのハードスケジュールは城の客人たちをくたくたにさせた。誰もが自分と同じだけのエネルギーの持ち主ではないことを、エミリはしばしば忘れていた。

ディナーのテーブル

エミリとヴォルテールにとって、ディナーは一日に一度のまともな食事だった。

ディナーの場所は、ヴォルテールの部屋につづく回廊である。彼自身が設計した、とても洒落た回廊で、インド壁紙が張られ、板張りの部分には黄色の塗料がほどこされていて、矢を持ったキューピッドやヴィーナスやヘラクレスの像が飾られ、本棚や、物理学の器具の入った棚がある。

夜九時、無数のロウソクがともされたこの回廊に城の住人全員がそろって、食事がはじまる。この席にあらわれるときは、エミリはダイヤモンドや宝石で身を飾り、ヴォルテールも髪粉をふり刺繡のほどこされた上着などをつけて、二人ともそれなりにめかしこんでいた。

ディナーをとりしきるのはエミリである。たまにしか滞在しないシャトレ侯爵も、ディナーには同席する。夫と愛人が同じテーブルにつくわけだが、この二人の男はあまりにも違いすぎていて、お互いにライバルにはなりえなかった。

エミリとヴォルテールにとって、ディナーは、仕事ずくめで緊張のはげしい一日をすごした後のくつろぎの時であって、いきおいテーブルにとどまる時間も長くなる。いっぽう、シャトレ侯爵はいつも昼食をちゃんととるので、夕食時にはあまり空腹感はなく、おまけに、彼らの知的会話は耳を素通りする。デザートが出されるころには眠気がさしてきて、そうそうに自分の部屋に引き上げて、ベッドに入ったものだった。

ディナーの席は、エミリとヴォルテールがその日の仕事について話す時間でもあった。ヴォルテールは話がはずむと上気して、とうとうとしゃべりだすが、さすがは言葉の達人、客人を面白がらせたり、笑わせたりするのがとてもうまかった。エミリも興奮すると早口になる癖があったが、得意芸は、やはり短いが的確な言葉でずばりと表現することだった。頭の回転のはやさにかけては、誰も彼女にかなわなかった。

デザートがすむと、ヴォルテールが執筆中の戯曲や、パリから送られてきた本を会食者たちとともに朗読しあったり、トランプや幻灯に興じたりした。客人を驚かせようと、顕微鏡など、当時は珍しかった物理学の器具をヴォルテールが持ち出して解説することもあったが、エミリは、あまりにも初歩的な物理学談議にはすぐ退屈して、眠そうな顔になる。

エミリの目を醒まさせる格好の手段を、彼はちゃんと心得ていた。彼女に、いまとりくんでいる学術論文を朗読してもらうことである。あるとき、エミリは、イギリスの学者が書いた木星の住人にかんする論文を読み上げた。よどみなくフランス語で朗読していたが、見ると、それはラテン語で書かれたもので、会食者一同をうならせた。

ディナーは午前零時ころひけて、めいめい自分の部屋にひきあげる。エミリとヴォルテールにとってはこれからがまた仕事の時間だ。シレー城の他の照明ランプがすべて消えたあと、灯がともっている部屋が二つだけある。いっぽうの部屋では、ヴォルテールが戯曲の構想をねり、もういっぽうでは、エミリが数学やニュートンと格闘している。

シレー城を訪れる人たちがエミリとヴォルテールから受ける最初の印象は、その仲睦まじさだった。

だが、月日の流れにつれて、ときたま波風が立つようになった。別々の意味で気性の激しい二人のことだ、そんなときは、まるで子どものように張り合って凄まじい口論になり、客人たちをびっくりさせたものである。

ある日、ヴォルテールがディナーの席で執筆中の戯曲『メロープ』を朗読することになっており、客人たちはそれを楽しみにしていた。テーブルについたヴォルテールはとっておきのレースの服を着ていて、得意げだった。だが、その姿にエミリは顔をしかめ、ずばりと言い放つ。

「その服、あなたに似合わないわ！」

「この服はこの戯曲にいちばん合っているんだ。それに暖かいし、別の服なら風邪を引いてしまうよ」

エミリは服を着替えてきてほしいと要求し、ヴォルテールはどうしても嫌だと頑張る。二人とも英語で話しはじめた。売り言葉に買い言葉の応酬になると、英語にかわるのが彼らの習慣である。ヴォルテールのほうが先に折れた。

「わかった、服はかえるよ！」

着替えをもってこさせようと従僕を呼ぶが、どこに行ってしまったのか姿を見せない。エミリはまだプンプンしている。

「ご自分で着替えていらっしゃいよ」

このひとことにヴォルテールの怒りが爆発した。ものすごい勢いで英語でどなりちらすと、バタンと乱暴にドアを閉めて出ていった。エミリは彼を引きとめようとし、ドアを開けて叫ぶ。

「滑稽な真似はやめて、戻っていらっしゃいよ！」

「下痢をしているんだ、今夜は失敬するよ」

ヴォルテールは、うさばらしに、シャンボナン夫人の部屋に行ってしまった。エミリとヴォルテールが懇意にしている近隣に住む女だが、その夜はいっしょにディナーのテーブルにはつかずに部屋にこもっていたのだ。

エミリは、使いをやってヴォルテールを呼びに行かせるが、彼は頑として動かない。結局、客人としてシレー城に滞在していたグラフィニ夫人の手をわずらわせて、ヴォルテールをテーブルに連れ戻してもらった。『メロープ』の朗読をはじめたときには、彼はすっかり機嫌をなおしていた。

そんなふうに口論になると、ふたりとも大人げなかったが、最後には、いつもヴォルテールのほうが先に折れた。

だが、ヴォルテールが病気のときは、エミリはやさしかった。つきっきりで看病し、彼の枕元に座って、ローマの詩人ウェルギリウスの作品をラテン語で読んできかせたり、ニュートンやポープを英語で朗読したりした。そんなふうに面倒を見てもらうのが嬉しくて、ヴォルテールは実際よりもっと体調が悪いふりをしたものだった。

ふたたび訪れた危機

ヴォルテールは実際上もしくは想像上の敵の攻撃につねに苛まれていて、そのために、よく精神不安定におちいったり、胃腸を病んだりした。彼は激しやすい性格の持ち主で、かっとすると感情に走り、慎重な配慮を忘れてしまう。何度危機に身をさらしても、それが少しも薬にならない男だった。

ヴォルテールがいつまた危険を呼びこむかもしれないことを、エミリは十分承知していて、シレー城でいっしょに暮らすようになってから、彼が無謀なことをしでかさないように注意深く気をくばるという役割をみずからに課していた。

だが、二人が共同生活に入ってから一年あまりたった一七三六年の末、ついに恐れていたことがおこった。

ヴォルテールが遊びの気分で書いた『俗世の人』という諷刺詩がもとで、突然、シレー城を去らなければならなくなったのだ。『俗世の人』は、挑発的な調子でこの世の快楽をたたえ、「わたしは愛する、ぜいたくを、いや逸楽さえも」とうたう。さらに、われらが祖先であるエデンの園のアダムとイヴはただ無知の中に生きていただけで、イヴは良質のワインやムースの味を知ることもなく、ふたりの愛は恥ずべき欲求にすぎなかった、と言ってのける。

この詩は発表はされなかったが、その写本がひそかにパリの社交界で流通していた。札つきの自由思想家《リベルタン》ルソン司教が亡くなったとき、この詩がほかの書類のなかに紛れ込んでいるのが発見されて、信心深い人たちの怒りをかった。

この詩は、しかし、ヴォルテールの他の作品にくらべると反逆性は少なく、ふつうなら彼の身に危険をおよぼすようなものではなかった。だが、ヴォルテールと敵対関係にあった詩人デフォンテーヌがこの出来事にとびついた。デフォンテーヌはショーヴラン大法官をうごかすために、このヴォルテールの詩を告発した。

もうひとつの悪い要素がこれに加わった。エミリに恨みをいだく従兄弟のフランソワ＝ヴィクトル・ド・ブルトゥイユがこれに乗じて、ヴォルテールをシレー城から追い出そうと画策したのだ。

エミリの父親ブルトゥイユ男爵には、結婚する前の愛人とのあいだにできたミッシェルという娘がいた。エミリにとっては、腹ちがいの姉だ。男爵が他界した後、彼女が相続をめぐって裁判をおこしたとき、エミリは勇敢にもこの異母姉を助けるために奮戦し、係争を勝利にみちびいた。このため、ブルトゥイユ家はミッシェルを自分たちの親族の一員として認めざるをえなくなり、エミリのこの行為は、従兄弟フランソワ＝ヴィクトルの怒りをかった。

彼はエミリの母親に対して、ヴォルテールがまるでシレー城主のような顔をしてエミリとともに暮らしていることは、シャトレの家名を傷つけるものだと、たきつけた。相手が上流社会の男ならまだ大目に見てもいいが、貴族の出自でもない三文文士との生活は、ブルトゥイユ家にとっても屈辱的だ。

エミリの最大の理解者で、ヴォルテールの詩才にふかく敬服していた父親ブルトゥイユ男爵の存命中ならば、そんなことは決してさせないだろうが、エミリの母親がこれに同調し、シャトレ侯爵に手紙を書いた。

もしかしたら、ヴォルテールとの生活も終わりかもしれない……エミリは窮地に追いこまれていた。

ヴォルテールとともに城の高みにのぼり、彼女はパリの方角をみつめた。鉛色の冬空の下には雪におおわれた大地と裸の木々と黒々とした森林がつらなっているだけであったが、あたかもその彼方にバスティーユ牢獄の灰色の壁がうかびあがってくるような錯覚をおぼえる。

ヴォルテールがぽつりと言った。

「しばらくオランダに行ってくるよ」

実際、オランダに行く用件があった。そこでは、彼の作品集の出版の準備がすすめられており、ヴォルテールは自分の手で校正したいと思っていた。それに、名医としてヨーロッパじゅうで知られているブールハーフェがずっと前から彼をオランダに招待したいと言っていた。彼に診てもらったら、胃腸の病気も治るかもしれない。

ヴォルテールはそろそろ旅心に誘われていたときだった。若いころから放浪癖のあった彼は、根をつめて仕事をした後は、常にどこかにでかけたくなってくる。エミリを愛する気持ちには変わりなかったが、しっかり手綱を握られている生活からたまには解放されたいという気持ちが頭をもたげていた。

エミリはヴォルテールをオランダに行かせるしかなかった。深夜、一緒に馬車に乗って、宿駅のあるヴァシーまで彼を送ってゆき、その腕の中でエミリは別れの悲しみに泣きくずれた。ヴォルテールも、自分のためにパリを捨てた女を置いてゆくことの苦しさに胸がつかえた。

だが、翌朝四時、そこから駅馬車に乗り、いったん国境を越えてしまうと、ヴォルテールはひと安心したせいか、かえって体調がよくなった。彼が快適な旅をつづけているあいだ、シレー城に戻ったエミリのほうは、彼の身を案じて不安にうちしずみ、悲嘆にくれていた。昨日まで賑やかだったシレー城が、いまはひっそりしている。もうクリスマスを祝う気にさえなれない。

雪景色に覆いかぶさるように低くたれこめた雲をひとりで見つめながら、エミリはおこりうるありとあらゆる事態を想像した。

いちばん気がかりなのは、もしかしたらヴォルテールがオランダからプロイセンまで足をのばすかもしれないことだった。少し前から、彼はプロイセンの若い皇太子フリードリヒと文通していた。皇太子はヴォルテールに心酔していて、みごとなフランス語で彼への称賛の気持ちを表現していた。

学芸を愛好する皇太子は、倹約と規律によって軍事国家プロイセンの基礎をつくることを最大の関心事とする父王と激しく対立していた。彼は父王の抑圧に耐えきれず、腹心の二人の友と国外逃亡をくわだてるが、この計画が発覚して、キュストリン城塞に幽閉され、計画に加担した友のひとりは斬首の刑に処された。

十八か月の獄中生活の後に解放されたフリードリヒは、詩や音楽や哲学にいっそう没頭し、フランス語でフランスの文人たちに手紙をおくっていた。この皇太子がとくに尊敬の念をいだいていたのがヴォルテールで、詩を書いてよこしたり、哲学や政治や歴史についての見解を書き綴ってきたりしていた。

フリードリヒは、ヴォルテールをプロイセンに呼びたがっている。オランダに行ったついでに、ひょっとしたら彼はプロイセンまで足をのばすのではないか？　そう思うと、エミリは気が気でない。

彼女にとって唯一の慰めは、信頼のおける友ダルジャンタル伯爵に手紙を書いて苦しみを吐露することだった。ダルジャンタル伯爵はパリ高等法院議員で、『哲学書簡』の件でヴォルテールに逮捕状が出たときに即座に知らせてくれたのも彼だった。

「寒さにとくに敏感な彼のことが心配で、死ぬほど悲しい気持ちになります」、彼女の手紙には切羽つまった思いが滲んでいる。

プロイセンにだけはどうしても行ってほしくないわ。あの国に行ったら、ヴォルテールはきっとひどい目に合う。プロイセン国王は残酷で猜疑心がつよく、皇太子を迫害している。ヴォルテールが皇太子に危険な考えを吹き込むにちがいないと勝手に判断して、宮廷で彼を逮捕させるようなことをやってのける人です。寒くて遠いプロイセンからヴォルテールの手紙がとどくのには何日もかかり、そのあいだに、わたしは不安で死んでしまうでしょう……。

だが、エミリが悲嘆にくれていたとき、ヴォルテールのほうは、オランダのアムステルダムとライデンで大歓迎をうけ、すっかり気をよくし、自由を満喫していた。

しかも、この一件は、エミリが想像するような重大事には発展しなかった。夫シャトレ侯爵の寛大さが彼女を救った。侯爵はブルトゥイユ家の者に対して、ヴォルテールは礼節をわきまえた男で、わたしの庇護のもとにある、彼はわたしの最良の友だ、ときっぱり言い切ったのである。

結局、ブルトゥイユ家は振り上げた拳をおろすしかなかった。

ショーヴラン大法官にはたらきかける役割をはたしたのは、エミリのかつての愛人リシュリュー公爵とその夫人だった。大法官は夫妻に、「あなたがたに前もって通知せずに、ヴォルテールに対して何かの措置をとりはしない」と確約してくれた。

そんなわけで、エミリを苦悩のどん底におとしいれたこの事件は、ヴォルテールにすばらしい旅情を味わわせただけで終わった。シレーを旅立ってから二か月たったある朝、ヴォルテールは、健康そうな顔に屈託のない笑みを浮かべて、ひょいとシレー城に戻ってきた。エミリはその腕の中にとびこみ、悲しみも不安も怒りもすべて流し去った。

嬉しさのあまり、エミリは、ヴォルテールの不在中にせっせと手紙を書いたダルジャンタル伯爵に、彼の帰還について報告するのを忘れてしまった。ヴォルテールがシレー城に戻ったことを伯爵につたえたのは、夫シャトレ侯爵であった。

重大事には至らなかったとはいえ、この二か月の別離はエミリとヴォルテールとの立場がいまや逆転したことを物語っていた。

パリを去ってシレー城のヴォルテールに合流することを、当初エミリはさんざん躊躇した。ヴォルテールは彼女をその気にさせるために、出費を惜しまずに廃墟と化していた城を美しく改修し、ありとあらゆる努力をはらった。

そんなヴォルテールが、いまではエミリにとって離れがたい人になっていた。彼の身にもし何かがおこったら、一緒に暮らしつづけることは不可能になる。彼のような軽率な男にはいくら気を配っても配りすぎることはない。愛人を自分のもとに引きとめておくために奮闘するのは、こんどはエミリの番だった。

彼女は監視の目をいっそう強めたが、ときにはその振る舞いは専制的でさえあった。ヴォルテールが衝動的な行為にはしるのを妨げるために、シレー城にとどく手紙はいちいち開封し、彼が激怒するような内容のものは目にふれさせない、という手段までこうじた。だが、いくら見張っても、彼はぬけめなく巧みに指と指のあいだをかいくぐる。人は、束縛をうけると、そこから脱け出すことに快感をおぼえるものだ。ヴォルテールは、あれやこれやの口実で、彼女の反対を押し切ってときおり旅に出た。そのたびにエミリは死ぬほど嘆き悲しみ、そしてヴォルテールが戻ってくるとすべてを忘れた。

ヴォルテールの態度には、うるさすぎる母親からときどき逃げ出して解放感を満喫する腕白小僧のようなところがあった。結局、彼はいつもエミリのもとに帰ってきた。

だが、やがて、ふたりの共同生活はさらに大きな試練に直面することになるのだ。

第五章

幸せであるためには

学問への愛は男の幸福より女の幸福に貢献する

人は幸福の絶頂にあるときは、幸福について思索をめぐらせたりはしないものだ。ある日、幸せだった日々がすでに過去のものになったことに、ふと気づく。そのときになってはじめて過ぎ去った月日に思いをはせ、幸福とはなにかと自問する。

シャトレ夫人の『幸福論』も、そんな心境のなかで書かれた。

エミリがヴォルテールと共同生活をはじめてから、すでに十年の歳月が流れていた。

科学の公的機関が女を排除していたこの時代にあって、エミリは、すでに「火の性質と伝播にかんする論考」という論文を発表し、『物理学教程』という力作をあらわしていた。のちに述べるように、彼女が王立科学アカデミーの最高権威をむこうにまわして挑んだ論争は、男社会の科学界にひと騒動まき起こし、サロンの女たちの喝采をあびた。

ひたすら学究に情熱をそそいだ緊張感に満ちた歳月は、エミリを押しも押されもしない科学者に成長させていたのだ。

けれど、愛しあうことが知的交換でもあったあの陶酔の日々はいつか色あせ、彼女はヴォルテールの不実と心変わりに苦しめられていた。彼がエミリに対して抱いているのは、友情と敬意であって、もはや愛と呼べるものではないことを、たくさんの涙を流して悟らざるをえなかった。

だが、ヴォルテールとエミリがふつうの愛人たちと違っていたのは、それでも、お互いに相手を必要としており、最後まで、なくてはならない伴侶でありつづけたことだ。

エミリは火のような女であった。研究においても恋愛においても遊びにおいても、彼女はほとばしるような情熱につきうごかされ、疲れを知らずに喜びを求める。

彼女の幸福論はこんな内容のものである。

エミリは言いきる。

もしもこの世が快感や心地よさをあたえてくれるものでなければ、そこになんの意味があるだろうか。苦しみがないというだけでは、生きている価値はない、人は幸福でなければならない。

幸福であるためには、つぎのような条件が必要だ。幻想を抱くことができること、先入見を持たないこと、高潔であること、健康であること、情熱や意欲を持つこと。

わたしたちの幸福はかなりのていど幻想によるもので、幻想を失った人は不幸だ。幻想は生活のあらゆる喜びと関わりを持っている。だが、幻想と思い違いとは別物で、思い違いは有害なだけだ。幻想とは、ものごとをあるがままに見せずに、そのあるべき姿を見せてくれるものなのである。あるべき姿を見ることで、わたしたちはいい気持になる。つまり、幻想はものごととわたしたちの感情との折り合いをつけてくれるのだ。

たとえば、芝居があたえてくれる幻想がそうだ。そのおかげで、わたしたちは快い感覚や楽しい気分を味わうことができる。幻想など無意味だと思ってしまえば、芝居になんの楽しみもなくなってしまう。人は、意図的に幻想を抱くことはできなくても、自分の持つ幻想を壊さないようにすることはできる。わざわざ芝居の舞台裏をのぞいて、どんな仕掛けがあるのか調べるような真似はしないほうがよいのだ。

幻想とは、日々の暮らしに光沢や艶をあたえるために塗られたニスのようなもので、こうした生活のニスは化粧や装飾品よりも重要である。

幸福であるためには、先入見を持たないことも大切だ。先入見とは、検証することなしに信じこんだ見解のことである。したがって、先入見は真実ではなく、ゆがんだ精神の持ち主にしか役立たない。だが、先入見を持たないということは、社会的作法《ビアンセアンス》を守らなくてもよいということを意味するわけではない。社会的作法はあくまでも社会における約束事であり、人と人との関係にとって不可欠だ。

高潔でなければ、社会の成員としての満足感を味わうことはできない。邪悪な人は社会の蔑視をうける。けれど、そんな人でも、侮蔑には耐えられないもので、社会生活において幸せであることはできない。高潔であるということは、社会にとってよいこと、正しいことをおこない、自分の義務をはたすことだ。そうすれば、心の健康と呼べる満足感を味わうことができる。

「我に情熱をあたえたまえ」、かりに人が神に願うことがあるとすれば、これ以外ないだろう。自分の情熱が満たされたときほど、幸せを感じることがあるだろうか。

幸福になりたければ情熱をおさえ欲望をセーブせよ、などと説く人間探求家は、幸せになる道を知らない人たちだ。

人がいちばん幸せなのは情熱を抱くときだが、それができないときは、せめて意欲が持てれば、幸福感を味わうことができる。

こうした幸福の条件を具体化するのにもっとも大切なことは、自分が何をしたいのかをはっきりと知ることだが、この点がほとんどの人に欠けている。人は昨日おこなったことを今日になると放り出し、過去を悔やんでばかりいる。自分の誤りを修復するために全力をあげることは必要だが、けっして後を振り返ることなく、暗い考えは退けて、心地よい考えにおきかえなければならない。

恋の情熱は、わたしたちにもっとも大きな喜びをもたらし、最大の幸せをあたえてくれる。だが恋愛がもたらす幸福は、他人に依存している。これに対して学問への情熱は自分自身にしか依存していない。

学問への愛は、男の幸福よりも女の幸福により大きく貢献する。男ならば、すぐれた武術なり、政治的手腕なり、商才なり、国や同朋のために自分の才能を活かす機会はいくらでもある。しかし、女はあらゆる栄光から遠ざけられている。少しばかり高い志を持つ女にとって、自分がこうむっている排除と従属の慰めになり、涸れることのない喜悦の源となるのは、学問をおいてほかにない。それによってもたらされる喜びは、存命中の栄光だけではなく、後世の人たちの称賛に対する期待感でもある。学問は、不幸にならないためのもっとも確実な手段なのだ。

だが、愛こそが、わたしたちに生きる希望をあたえ、創造主に対して自分がこの世に生をうけたことを感謝する気持ちにさせてくれる唯一の情熱である。同じように感受性が強く同じように幸福と喜びに敏感なふたつの魂の結合、そんな無上の幸せに浸っているとき、人はもう何もいらない。しいて言えば、健康が必要なだけだ。魂のあらゆる能力を発揮して、この幸福を味わわなければならない。

けれど、火のような情熱の持ち主は、そうした気質につきまとう支障に耐えなければならない。そういう人ははじめての恋に夢中になりすぎて、熟考や節度をすっかり忘れてしまう。

あまりにも熱烈に人を愛する女の最大の不幸は、自分が愛するのと同じくらい愛されることが決してないことだ。女の熱情のそんな激しさを知って、愛が減じてしまわないような男はいない。

人間の心というものをよく知らない人には、奇妙に聞こえるかもしれないが、経験から言って、愛人の心を長くとどめておこうとすれば、その人の心に期待と不安とがつねに交錯しつづけるよう技巧を凝らさなければならない。だが、熱烈に愛する人は、その愛に自己を完全に委ねきってしまうので、いかなる技巧も不可能になってしまう。

愛人は自分が愛されているという確信を持つようになり、いつでも満足があたえられることに安住してしまい、不安がまったくないことで、その愛はうすらいでゆく。

わたしは、神から愛情ぶかい感受性をもらっており、その情熱は抑えることも隠すこともできず、弱まることも倦むこともなく、自分はもう愛されていないという失望にさえ逆らう。

わたしは、十年のあいだ、わたしの心を魅了した男に愛されて幸せだった。この十年、彼とつねに共にすごして倦怠感におちいったことは一度もなかった。

喜びの充足や加齢や病のために、彼の愛が減じてきても、わたしはそれに気づかずにいた。わたしは愛する喜びと愛されているという幻想によって満たされていた。

いま、わたしはその幸福を失ってしまったが、この愛の絆を断ちきるのにどれほどの涙を流したことだろう。

彼の愛がもう戻ることはないと知ったとき、わたしはこの愛を穏やかな友情にかえることができた。この友情が、学問への情熱とかさなって、わたしはほどほどの幸福を味わっている。

愛が不幸の原因にならないためには、愛人が冷淡になったときは、けっして執着心をしめしてはならず、愛人よりもっと突き放した態度をとるべきだ。

もちろんそれで彼が戻ってくるはずはないし、何物も彼を引き戻しはしないだろう。けれど、男にあっては、愛よりも思わせぶりのほうが長くつづく。彼らは自分の征服したものをけっして手放したがらず、ありとあらゆる手練手管で、まだすっかり消えていない火を再燃させ、相手を耐えがたい不安の中に留めておく術を心得ている。

だから、ふしあわせになりたくなければ、きっぱりと別れなければならない。痛みに耐えて、愛の縫い目を断ち切り、引きはがさなければならないのだ。

賭け事への熱狂は理性の哲学者にはばかげてみえるかもしれないが、この情熱は人を幸せにする。わたしたちの魂は期待と恐れに揺り動かされることを好む。自分の存在を感じさせてくれるものにのみ、魂は喜びを覚えるからだ。賭け事をする人は、期待と恐れにつねにとりつかれ、胸をどきどきさせている。この魂の高ぶりこそ、幸福であるためのもっとも大きな要素のひとつなのだ。

老年期は喜びを得るのがもっとむずかしい。老いてゆくにつれて、いつか恋愛が幸せの源泉でなくなる日がやってくる。そんな日のためにも、学問の喜びをつちかわなければならない。人生の終わりをはやめるかどうかは自分しだいだが、もしなかなか終わらせることができないのなら、あらゆる方法で喜びを追求すべきだ。……

このシャトレ夫人の『幸福論』は、心の底から出た独白だ。それは、彼女の心情の吐露であるとともに、自分自身を冷静に見つめ、分析したものである。作品として発表しようなどという意図は毛頭なかった。『幸福論』の原稿を、エミリは、それを書いた数年後に自分の前にあらわれる新しい恋人の手にゆだねることになるのだが、まさか、後世の人が出版してしまうとは、夢にも思っていなかっただろう。

エミリの死後三十年を経て、この『幸福論』ははじめて刊行されたが、ほとんど人目を引くことはなく、さらにそれから二十年たって再度出版されたとき、彼女の言説は悪い意味で注目をあびた。すでにフランス革命がおこり社会の価値観が一変していた時代だったこともあって、その単刀直入な快楽主義、逸楽主義に、当時の人びとは眉をひそめた。それが女の手で書かれたものだっただけに、なおさらだ。

だが、いまは違う。エミリの率直さと真摯さは、むしろ現代人の心の琴線にふれる。十八世紀、人は救いを宗教だけに求めることをやめ、現世における幸福というものを重視しはじめた。幸福論は、文学の主要テーマのひとつであり、哲学上の争点であった。エミリの作品は、読者を想定せずに綴られたものだけに、この世紀の人びとのメンタリティーをうかがわせる貴重な資料であり、現在、フランスでは、高校の教材としても使われている。

この『幸福論』を書くにいたるまで、本当にいろいろなことがあった。愛情面で不器用な彼女はさまざまな辛酸をなめなければならなかった。そんな苦しみのなかにあって、物理学者としてヨーロッパの科学界に名を知られる存在となり、ニュートンの『自然哲学の数学的原理』(プリンキピア)の翻訳と解説という歴史的な仕事にとりくみはじめるのだ。

火は物質か?——論文ナンバー6

話は少し前に遡るが、ふたりがシレー城に籠もってから三年たった一七三八年、エミリは科学論文を発表するはじめての機会を得た。タイトルは、「火の性質と伝播にかんする論考」。

それ以前に、彼女はすでに膨大な文献を読み、数え切れないほどの紙を埋めつくしていたが、まだ何ひとつ発表したことはなかった。そもそも女が論文を発表するということ自体、ほとんど考えられないことであり、彼女にとってのこの最初のチャンスは、どちらかと言えば、偶然に訪れた。

王立科学アカデミーが火にかんする論文を募集した。論文の公募は、科学アカデミーが毎年おこなっていたことで、論争の的になっている問題がとりあげられることが多かった。応募資格には特別の制限はなく、もちろん、アカデミー会員である必要はない。

火とは何か？　当時、それは論戦の渦中にある謎のひとつだった。

フランスの化学者ラヴォアジエが、燃焼とは可燃物質が酸素と結合して起こる現象であることを発見する四十年ほど前のこと。当時、火にかんしてもっとも普及していたのは、物体に含まれる燃素（フロジストン）が空気中に放出されることによって燃焼が起こる、という説であった。

だが、このフロジストン説では、説明不可能な難題がいくつもあった。木材は燃えると重量が減少する。フロジストンが放出されたのだから当然だ。だが、金属のように燃焼によってかえって重量が増すものがあるのはなぜか。こうした矛盾を説明するために、フロジストンは物質ではないので重量はないだの、負の重量も存在するだの、諸説がとびかっていた。フロジストン説に異をとなえる学者も少なくなかった。

科学アカデミーが火にかんする論文を公募したのは、そうした状況においてであった。

最初にこのコンクールに応募しようと考えたのは、ヴォルテールだった。彼にとって、それは、デカルト理論で凝り固まっているフランスの学者たちにニュートン理論を突きつける好機だった。

よし、れんちゅうにニュートン爆弾をかましてやるぞ！　ヴォルテールは勢い込んでいた。

このために、ヴォルテールはシレー城に実験室をもうけ、パリから、気圧計、温度計、耐火性の壺、炉、などなど、いろいろな実験用具をとりよせた。

まず、火に重さがあるかどうかを知ることが先決だ。鉄を真っ赤になるまで熱して計量し、熱する前の重さと比較する、という実験を何度も何度も繰り返した。白鋳鉄は重さが増すが、ねずみ鋳鉄のほうは重さが増さないという結果がでた。ヴォルテールは頭をかかえこんだが、それでも、火にはおそらく重量がある、という結論を下した。

エミリは毎日のように実験に立ち合い、いっしょに議論していくうちに、ヴォルテールとは本質的なところでどうしても意見があわず、がぜん意欲がわいてきた。

わたしも、コンクールに参加しよう！

ヴォルテールには内緒で、論文は匿名にするつもりだった。愛人には秘密にしていたこの企てを、不思議なことに、彼女は夫シャトレ侯爵にだけは打ち明けていた。

ヴォルテールに見つかってはまずいので実験室は使えず、仕事は夜中にしなければならなかった。一時間くらいしか寝ない日もあり、執筆ちゅうに眠気がさしてくると、顔を冷水に浸したり、手足を動かしたりした。

実験なしに書かれた彼女の論文は、現代的な意味での科学論文というよりも、火にかんする哲学的思索に近いものになった。だが、この時代には科学と哲学とのあいだに明白な境界はなく、それは珍しいことではなかった。

ヴォルテールの論文は、冒頭から、デカルト批判とニュートン擁護を前面にだす。デカルトがとなえるように火は粒子の運動によって生じるものではない。火とは、それ自体独立した不変の要素で、あらゆる物質に含まれているものなのだ。彼は、自分がおこなったさまざまな実験を拠りどころにして、火は通常の物質が持つあらゆる性質を有しており、したがって、万有引力の法則に従う、という結論を出した。

エミリはといえば、火はあらゆる物質に含まれている、ということ以外は、ヴォルテールとほぼ逆の結論にいたる。

火は、重さがなく、求心力がないなど、物質とは異なる性質を有する。あらゆる方向に動く性質をそなえているため、物体は慣性の法則にしたがって直線運動するという一般的法則は、火にはあてはまらない。火は物質でも精気でも空間でもなく、その中間のような存在だ。

物体に含まれている火の作用とそれに抵抗する反作用とが拮抗しているときには、火は非活動の状態にある。だが、火の作用がその抵抗を凌駕するとき、物体は熱くなり、膨張し、光を発し、この火の力がある限界をこえると、物体は溶解または蒸発し、抵抗力を失って崩壊する。

エミリは、非活動状態の火を「死力」、活動状態の火を「活力」にたとえているが、こうした概念の中に明らかにライプニッツの影響が見てとれる。

結局、エミリの論文もヴォルテールの論文も仲良く選にもれた。受賞者は、数学者オイラーをはじめとする、デカルト説を信奉する三人の科学者だった。

落選を知ったとき、エミリははじめてヴォルテールに打ち明けた。

「論文ナンバー6は、じつは、わたしが書いたの。黙っていてごめんなさいね。でも一緒に落選して光栄だわ」

ヴォルテールは一瞬おどろいた顔をしたが、すぐに、してやられた！　と思うときのあの茶目っ気をふくんだ微笑を口もとに浮かべた。

自分とは見解を異にするとはいえ、ヴォルテールは彼女の緻密な論理性に感服し、さっ

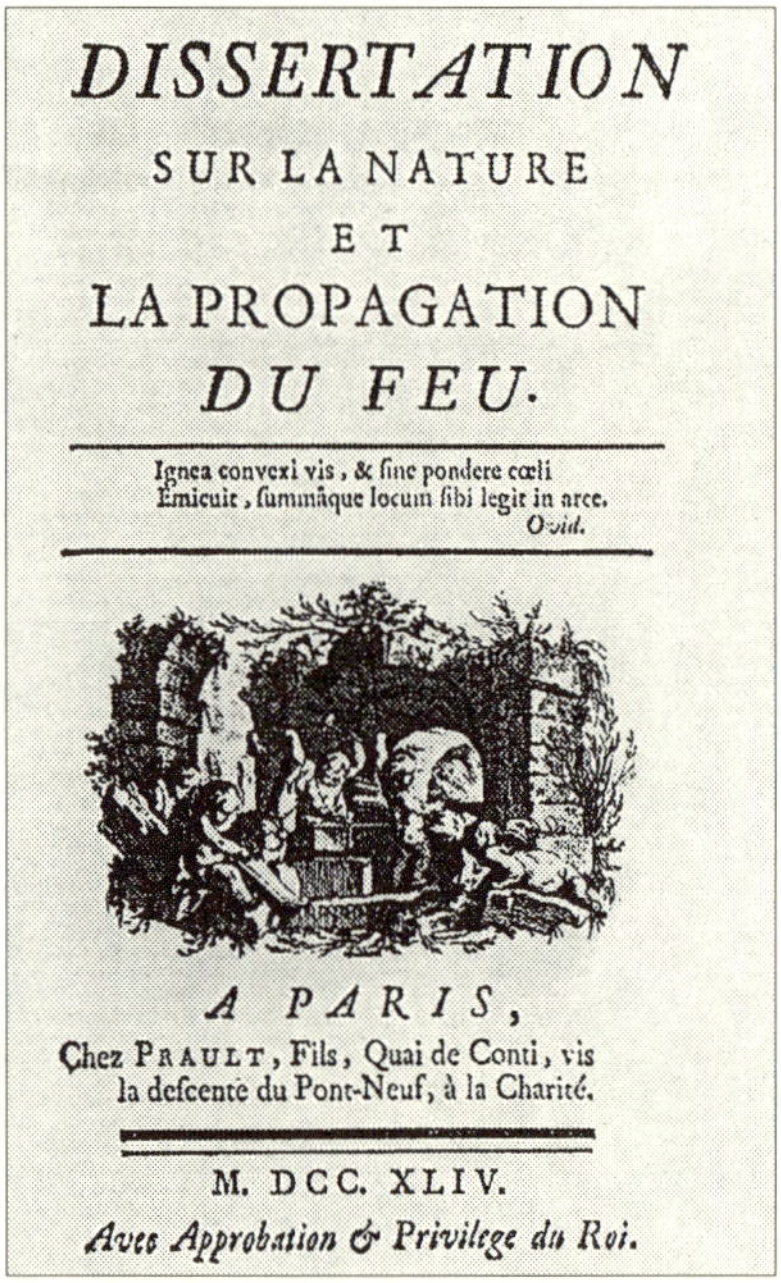
DISSERTATION
SUR LA NATURE
ET
LA PROPAGATION
DU FEU.

Ignea convexi vis, & fine pondere cœli
Emicuit, fummâque locum fibi legit in arce.
Ovid.

A PARIS,
Chez PRAULT, Fils, Quai de Conti, vis
la defcente du Pont-Neuf, à la Charité.

M. DCC. XLIV.
Avec Approbation & Privilege du Roi.

1738年、エミリは初の論文「火の性質と伝播にかんする論考」を発表

そく科学アカデミーに対して、エミリの論文を、受賞者の論文とともに印刷するよう要請した。アカデミーはこれを了承し、同時にヴォルテールの論文にも出版許可をあたえた。

かくして、科学アカデミーの印刷物には、三人の入選者と並んで、エミリとヴォルテールの論文が仲むつまじく顔をそろえることになったのだった。

後世の専門家たちの評価によれば、シャトレ夫人の作品は入選者たちのものより劣っていたわけではないという。彼女の論文のとくにすぐれた点は、光と火は共通の原因をもつこと、温度によって火の色は異なることを指摘していたことで、それは、当時、まだ証明されていないことだった。

科学界に論文を発表するということは、一人前の科学者として認められたということである。フランスにおいて、男の牙城だった科学が、ひとりの女についにその重い扉を開いたのであった。

だが、他方では、火にかんする論文は、エミリの考えとヴォルテールの考えとのあいだの根本的な相違を表面に浮かびあがらせた。それはまだ、ふたりの仲に亀裂を生みだすようなものではなく、シレー城の隠遁者たちの蜜月はなおしばらくつづくのだが。

アマゾンたちの反乱

はじめての論文の発表は、エミリが科学者としてひとり歩きしはじめる大きな転換点となった。

この論文を出したことで、その前から密かにあたためていた、もうひとつの構想に弾みがついた。ヨーロッパにおいてこれまでに出された科学研究の理論を総合して、一冊の本にまとめようという壮大なこころみである。ラテン語、フランス語、英語、イタリア語に通じる彼女ならではの企てだ。

エミリは十三歳になる息子フロラン＝ルイに捧げるという名目で筆をすすめていったが、

INSTITUTIONS

DE

PHYSIQUE.

A PARIS,

Chez PRAULT fils, Quai de Conty, vis-à-vis la descente du Pont-Neuf, à la Charité.

M. DCC. XL.

Avec Approbation & Privilége du Roi.

エミリの大作『物理学教程』(1740年)

この時代に女が物理学の本をあらわすのに、おそらくは、それがいちばん無難な方法だったのではないだろうか。

　実際は、その本の中で、人間の認識の基本からはじまって、神の存在について論じ、空間や時間、物体の性質や運動について考察し、重力と万有引力を解説しようというのだから、彼女の企ては、息子の教育という家族的関心をはるかに超える野心的なものだった。ニュートン説をめぐってフランスで起こっている論争も、当然ながら、言及の対象となる。

　この仕事は、『物理学教程』と題した四五〇ページあまりの大作として出版された。一七四〇年、エミリは三十四歳だった。

息子に語りかけるというかたちで書かれた序文には、彼女の人生体験を凝縮したような味わいぶかいくだりがあり、十三歳の男の子に言って聞かせるというよりは、むしろ、自分自身を語っているような印象をうける。こんな内容の文面だ。

息子よ、あなたは、頭脳が思考しはじめ、しかも自己を失わせるほど激しい情動に心が乱されることのない幸せな時期にある。この理性の黎明期こそ、学問に専念できるときだ。やがて、若い情熱と快楽の欲求があなたの時間を占拠するときがくるでしょう。そして、激情と社交界の陶酔が通りすぎた後、野心があなたの心を奪うでしょう。そのときになって学問を志しても、若い年齢の柔軟性は失われていて、苦心しながらしか学ぶことができない。人生のはやいうちから独力で思考するのに慣れることがいかに大切か。学問というものが、はかりしれない可能性をひろげ、慰めや喜び、いや、快楽さえあたえてくれることを、あなたは後になって知ることでしょう。……

息子よ、科学上の論争であなたがどんな立場をとろうと、頑迷な党派的思考におちいらないでほしい。真理の探究においてだけは、けっして自分の国に対する愛着を優先させてはならない。ニュートン説かデカルト説かという論争を国家の問題にしてしまうのは滑稽なばかりだ。物理学の著作にかんして問うべきは、それが適切かどうかであって、その著者がイギリス人かドイツ人かフランス人かは問題ではない。

エミリの『物理学教程』は、たしかに、どんな学問的権威にも束縛されない自由な立場で書かれている。この力作のもっとも傑出した点は、当時けっして相容れないものとされていたライプニッツの形而上学とニュートンの物理学をむすびつけようと試みたことだ。

デカルトは、この二人の学者より一つ前の世代に属し、ニュートン派とデカルト派のたたかいは、いわば新旧論争のようなものであった。けれど、ニュートンとライプニッツはほぼ同世代、お互いに最大のライバルだった。微積分学はどちらが最初に考え出したかという、あの名高い論争はべつとしても、ニュートンとライプニッツは世界観においても対極をゆくもので、エミリの時代に、その両方を支持することは、ほとんど考えられないことだった。

ニュートンの業績があまりにも大きかったため、一時期、ライプニッツは影の薄い存在に追いやられ、のちに再評価されるのだが。

ニュートンの物理学では、宇宙における運動量は物質の慣性力によって徐々に減少しつづけるので、そのシステムを維持するためには創造主の介入が必要だ。

これに対して、ライプニッツは、神は一度で宇宙を完璧なかたちにつくりあげたので、いったん創造した後は介入する必要はない、と考えていた。彼にとって、宇宙においてつねに一定に保存されるのは活力であり、それは物体の速度の二乗と質量の積であらわされる力なのだ。

エミリの思考においては、物理学《フィジーク》と超物理学《メタフィジーク》（形而上学）と数学の三つはたがいに結びついていた。彼女にとって、形而上学とは人間の認識の根源的な原理であり、物理学のように実験的に証明したり数式で表現したりできるものではないが、形而上学は数学と変わらない厳密性をもちうるものだった。「私は仮説をたてない」というニュートンの言葉は有名だが、エミリは万有引力説を支持しながらも、逆に、仮説の重要性を強調していた。

膨大な量の科学的知識を総合し論理的に整理して、明快で密度の高い内容にまとめあげた彼女のこの大作は、見識ある学者たちから高い評価をうけた。エミリをとくに喜ばせたのは、かつての愛人であり師であった数学者モーペルチュイが、『メルキュール・ド・フランス』という雑誌に、彼女の本をくわしく紹介し、絶賛したことだ。

われわれの世紀の誇りとなるようなこの著作は、科学アカデミーのメンバーではなく、学究への意欲と天分だけを師とした女性の筆によるものである、モーペルチュイはそう書いている。

この『メルキュール・ド・フランス』は主として文学について論じる定評ある雑誌だったが、それ以外にも、科学や政治や社交界のニュースなど広範なテーマにかなりの紙面をさいていた。

モーペルチュイはフランスにおけるニュートン陣営の筆頭で、ライプニッツ説に反対していただけに、エミリの作品に対する彼の賛辞は真摯なものだった。彼女は、もはや彼の昔の生徒ではなく、対等に議論できる科学界の同僚であった。

だが、シャトレ夫人の名をひろく知らしめることになるのは、彼女の著作をめぐって巻き起こった二つの論争だ。

ひとつは、シレー城でエミリの数学の教師として雇われ、彼女と諍いをおこして去っていったスイスの数学者ケーニッヒが挑んできた喧嘩だ。

エミリが本に書いたことのほとんどは、自分のアイディアで、彼女はそれをただ書き写して本にしただけだと吹聴してあるいたのだ。それは、ただの誹謗中傷でしかなく、反論することはわけのないことだった。だが、この剽窃説は噂として、またたくまにパリの社交界にひろがり、ケーニッヒは少なくとも彼女の著作に疑念を起こさせるのに成功した。

もうひとりの論争相手は、はるかに手ごわい人物であったが、逆に、エミリの名声を高める役割をはたすことになる。

論争のテーマはライプニッツの活力説をめぐるものだった。エミリがその著作『物理学教程』の中で、高名な物理学者、ジャン＝ジャック・ドルトゥス・ド・メランの論文に大胆な批判をあびせたことに端を発する。

運動において保存されるのは活力（速度の二乗と質量の積）だとするライプニッツ説を、メランがその論文で否定していたからだ。このライプニッツの考えは、デカルト説にもニュートン説にも反している。

もし、メランが一介の科学者であったとすれば、このくらいのことで大騒ぎになったりはしなかっただろう。だが、彼は、王立科学アカデミー終身書記という、どんな学者も敬意を払う最高位にある人物だ。アカデミー賞を三度も受賞し、ヨーロッパのほとんどの国の科学アカデミー会員であり、パリのサロンの人気者でもあった。

そんな大物が新米の女学者の批判を我慢できるはずはなく、すぐ反撃にでた。彼の文は、言葉づかいこそ丁重だが、いかにも高名な科学者が上から見下ろして、物理学をよく知らない者を諭すような筆致で書かれていた。そこには、この身のほど知らずの小娘め！　と言わんばかりの隠しきれない屈辱感が滲み出ている。

だが、メランは、エミリという女について、完全に見当ちがいをしていた。フランス科学界の最高峰からの反駁は、エミリを打ちのめすどころか、逆に、有頂天にさせてしまったのだ。

「メラン氏が、わたしの批判にこたえてきたわ。反論しようかどうか迷っているの」、彼女は旧知の友に自慢げに打ち明ける。科学者として自分とは比較にならないほどの地位と名声をもつ強敵を相手にしていることが誇り高く、エミリはほとんどはしゃいでいた。

科学者たちは、メランのような大物にたて突きたくはないし、かといって彼女に論争を挑むのも避けたいので、誰もがだんまりを決めこんだ。だが、この論争は、メランの沽券にかかわるだけで、エミリのほうは、たとえ学者たちの支持が得られなくとも、体面が傷つくわけではなく、失うものは何もない。

科学アカデミーとしては、できればこの不名誉な論争に蓋をしておきたかったが、ゴシップ好きのパリの社交界がこんな面白い話を放っておくはずがなかった。

論争の内容そのものは二の次だった。なにしろ、王立科学アカデミー終身書記という重鎮に一女性がはじめて刃向かったのだから、女たちにとっては痛快な出来事だった。ふだんは社交界で何かと陰口をささやかれているエミリだが、こんどばかりは、貴婦人たちのほとんどがエミリの側についた。

「アマゾンにたたかいを挑んでいるヘラクレスのようなものだ」、とヴォルテールが言ったほどである。

こんなことで大騒ぎをされては科学アカデミーの尊厳にかかわるので、会員たちは、メランがこれ以上議論をつづけないよう制止しなければならなかった。

論争に終止符が打たれたとき、エミリは科学者としてのはっきりとした自覚をもつにいたっていた。王立科学アカデミーの最高権威をむこうにまわしての大論争は、物理学者シャトレ夫人の名をヨーロッパじゅうに知らしめた。以前からの計画だったニュートンの『自然哲学の数学的原理』（プリンキピア）のフランス語訳をはっきり決意したのは、このころである。

ニュートンは、この著作を執筆するのに、ラテン語を使っていただけでなく、自分が築きあげた新しい数学（微積分法）をわずかしか採用せずに、わざわざ、ユークリッドの『原論』を範とする古代ギリシア以来の学術書の記述法にならった。その古風な形式は、科学者にとってさえ、きわめて接近しにくいものであった。

それをフランス語に移すということは、たんに言葉を訳すだけですむことではなかった。ニュートンの命題や定理をひとつひとつ独自に計算しなおして、微積分法にもとづく解説をくわえ、その時代のフランスの科学界に通用する著作に真に翻訳することを意味していた。

たしかに、エミリほどこの仕事に適した者はいなかっただろう。

前にもふれたが、フランスにはじめてニュートンの万有引力説を紹介したのは、モーペルチュイだった。彼は、ニュートン理論の正当性を証明するために、数学者クレローなどとチームを組んで、子午線実測のために、ラップランドの探検を決行した。また、エミリの協力をえてヴォルテールが書いた『ニュートン哲学概要』は、フランスではなかなか出版許可がおりず、まずオランダで出されたが、万有引力説の普及に大きく貢献した。

だが、もういっぽうでは、ニュートン理論はまだまだきちんと理解されていなかった。

その理由のひとつは、ニュートンの原書は、簡単に読みこなせるものではなかったことだ。これをフランス語に翻訳・解説するには、現代における翻訳という作業からは想像できないほどの、大研究を要した。当時、フランス語はヨーロッパじゅうで科学の言葉として広く受け入れられていたので、それは、フランスという一国の枠を超えた意味をもつ仕

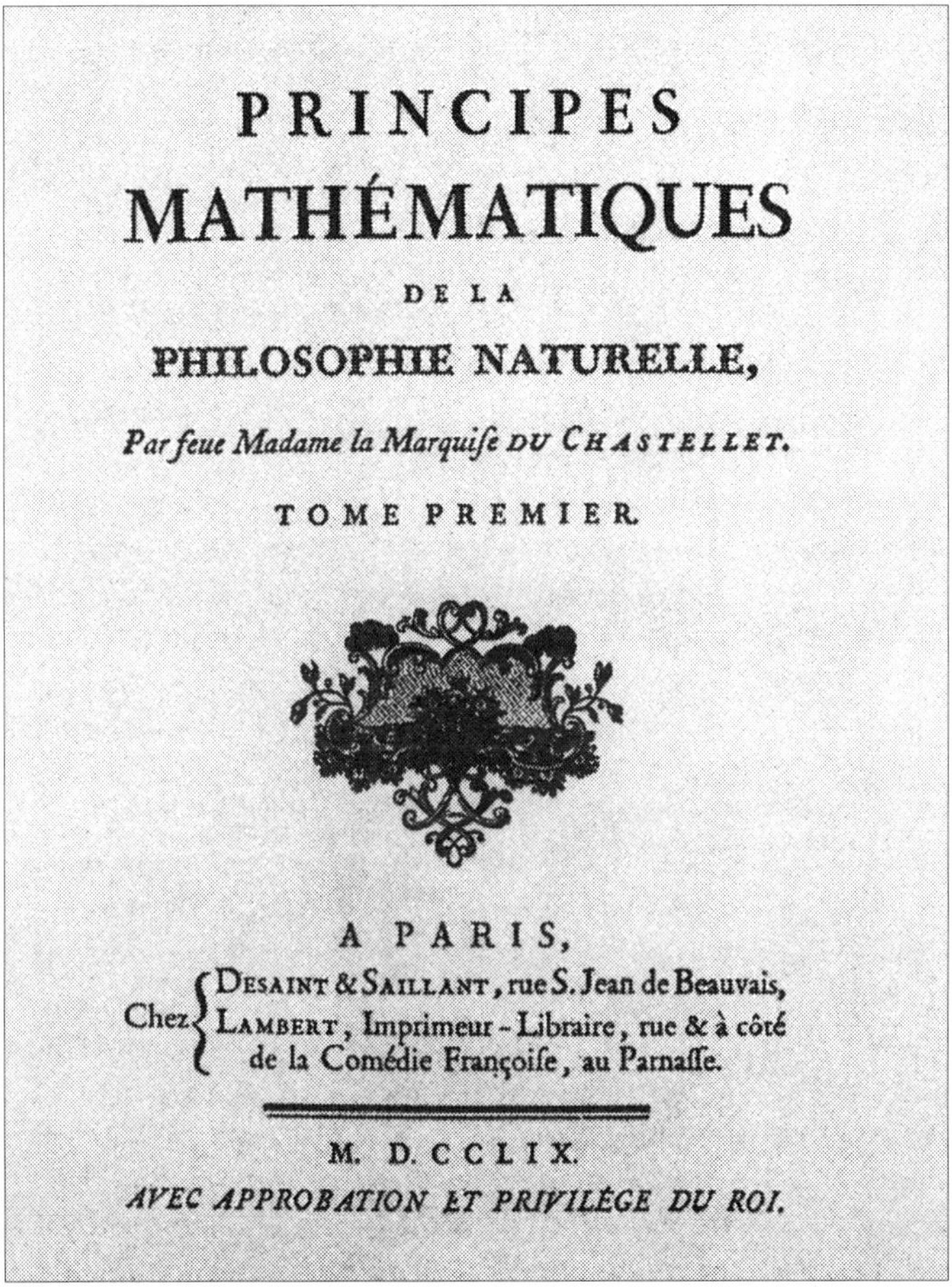

PRINCIPES
MATHÉMATIQUES
DE LA
PHILOSOPHIE NATURELLE,

Par feue Madame la Marquise DU CHASTELLET.

TOME PREMIER.

A PARIS,

Chez DESAINT & SAILLANT, rue S. Jean de Beauvais,
LAMBERT, Imprimeur-Libraire, rue & à côté
de la Comédie Françoise, au Parnasse.

M. D. CCLIX.

AVEC APPROBATION ET PRIVILÉGE DU ROI.

ニュートン『自然哲学の数学的原理』（プリンキピア）のフランス語版。エミリの死後、1759年に出版され、現在も市販されている

事であった。

シャトレ夫人の登場が待たれる時がきていたのだ。

エミリの宿敵、プロイセン国王

学問上の論争であれば、相手が強敵であればあるほど、エミリは毅然として誇り高く、堂々と立ち向かった。そんなときのエミリはまさしく大胆不敵だった。

しかし、微妙な人間関係の中でうまく立ちまわり、手練手管をろうして愛人をつなぎとめなければならなくなると、彼女はすぐになす術を失ってしまう。

『物理学教程』が出版されたとき、エミリはヴォルテールとともに、シレー城を離れてブリュッセルに滞在していた。シャトレ家の領地係争を解決するためである。

シャトレ家は、この地で、領地の所有権をめぐって、姻戚関係にあるホンスブルーク家と争っていた。それはもう六十年も続いている係争で、こんどばかりは決着をつけなければならない。

軍隊で生活することの多いシャトレ侯爵は、ブリュッセルに長期滞在することができず、全権を妻エミリにゆだねた。実際、この仕事は鈍重で口下手な夫よりも、頭の回転がはやく理路整然としている妻のほうがはるかに向いていた。侯爵の腹のなかには、ヴォルテールの名声が係争の解決を有利にするにちがいない、という期待もあったことだろう。

当初、ブリュッセル滞在は数か月の予定だったのが、裁判はだらだらと長びいた。最終的には、領地は相手方に渡し、そのかわりシャトレ侯爵のほうは二十二万リーヴルを受け取るというヴォルテールの調停案で、決着がはかられることになるのだが。

エミリはどこへ行くのにも仕事を持っていくのが常で、ブリュッセル滞在中も研究生活はつづけることができた。だが、エミリはひとつの危惧を感じとっていた。

ヴォルテールとの生活を脅かす恐るべきライバル、プロイセン皇太子フリードリヒのことだ。ここからプロイセンに行くのはより容易だ、フリードリヒがいつまたヴォルテールを誘惑してくるかしれない！

エミリは、ヴォルテールが自分のもとを去らないように、その手綱をしっかりとしめていたが、それは、むしろ逆効果だったかもしれない。ヴォルテールはまたしても放浪癖にとりつかれていた。

プロイセン国王が逝去して、二十八歳の皇太子が王位につき、フリードリヒ二世が誕生したのは、そんなときであった。

エミリの宿敵にしてヴォルテールの友、プロイセン国王フリードリヒ２世

　これまで、ぜひ来てほしいという皇太子の要望にヴォルテールが応えるのを妨げるために、エミリは苦心惨憺した。だが、プロイセン国王からの招待となれば、ヴォルテールがそれを受けるのを阻止できるだろうか。彼が自分を捨てて、若いフリードリヒの宮廷にかかえられるのではないかと思うと、不安でならない。

　王位についたとき、フリードリヒはさっそくヴォルテールに手紙を書いてきた。以前と同じように一個の人間としてわたしに手紙を書いてほしい。肩書きや外見のきらびやかさなどに惑わされず、わたしの変わらぬ助言者であってほしい。そんな文面だった。

　そして、まもなく、エミリの悪い予感が的中することになる。

新国王が真っ先にこころみたことのひとつは、自分の帝国をひとまわりすることだった。旅の途で、国王はヴォルテールに、ぜひお会いしたいから、身分を隠してブリュッセルまで足をのばすつもりだ、と知らせてきた。何日かして、また国王からの手紙が届いた。オランダとの国境に近いモイラントの小さな城まできているが、熱を出して寝込んでしまい、旅をつづけることができないので、ぜひヴォルテールのほうから出向いてほしい。

「わたしもご一緒するわ」、エミリはヴォルテールにそう提案したが、国王は、エミリにはきてほしくないという気持ちを、丁重に、しかしきっぱりと伝えてきた。

もし彼女が同伴したいというのなら、それでもいい、けれど、もしあなただけとお会いできるのなら、そちらのほうがもっといい。おふたりがご一緒だとあまりに眩しすぎて、目がくらむ思いをさせられるでしょうから……。

エミリは苦い敗北感をかみしめるしかなかった。

ヴォルテールは四年のあいだ文通をつづけたフリードリヒについに拝謁する栄誉を得た。モイラント小城は華やかさとは無縁の侘しげな建物だった。国王の部屋に通されたとき、そこにヴォルテールが見たのは、たった一本のロウソクに照らされた小さな部屋で、粗末なベッドにラシャの部屋着をつけて臥せっている小柄な男だった。ヴォルテールは一目でこの飾り気のない国王に魅了され、国王もあらためてこの才能ゆたかな作家に深い称賛の念をいだいた。

まだ体調は万全ではなかったが、国王はヴォルテールとディナーをともにした。そのテーブルには、フランスの数学者モーペルチュイ、イタリアの作家アルガロッティも招待されていて、文芸を愛する若き国王にふさわしい晩餐であった。

ヴォルテールは王のもとに三日滞在しただけだったが、まっすぐエミリの待つブリュッセルには帰らず、オランダのハーグに直行した。そこで、新国王のために一肌脱がなければならない状況が生じていたからだ。

即位の前、フリードリヒは、十六世紀イタリアの史家マキアヴェリの『君主論』に反論する本を書いていた。その反君主論の中で、フリードリヒは、君主の行為の動機は、力ではなく、美徳であるべきだと主張していた。こうした開明的君主の理想こそが、彼にとって、ヴォルテールとの友情を結ぶ絆だった。

とはいえ、皇太子の身分で書いた反君主論には、一国の王の発言としては不穏当すぎる事柄が含まれていて、出版するわけにはゆかなくなった。この本の草稿はハーグの印刷業者にゆだねられていたが、フリードリヒはこの本の出版を中止する交渉をヴォルテールに依頼していた。

　しかし、プロイセン国王の著作ともなれば売れるのは確実で、印刷業者はどうしても出版を断念しようとせず、ヴォルテールは大幅な修正を提案するが、その交渉も難航した。そんなふうにハーグで奮闘していたとき、ヴォルテールはふたたび国王の招待を受ける。今度はベルリンの宮廷からである。

　エミリがそばについていない今、国王にとってはヴォルテールを誘惑する絶好のチャンスだった。そのねらいは彼をエミリから引きはなして、ベルリンの宮廷に住まわせることだった。王の特別な好意はヴォルテールの気持ちをそそったが、彼女がどんなに嘆くだろうかと考えると、ただちに受け入れることができずに迷った。

　いっぽう、危機を察知したエミリはいったんブリュッセルを去ってフランスに帰り、フォンテーヌブローの宮廷に駆けつけた。彼女はヴォルテールの仕打ちに腹を立てながらも、彼のことが心配でならず、二重に苦しんでいた。

　ヴォルテールがフランス側の許可なしにベルリンの宮廷に招かれたとなれば、ふたたび当局の怒りをかうかもしれない。わたしをおいてベルリンに行ってしまうのは許せない、けれど、彼の身が危険にさらされるかもしれないと思うと、放っておけない。

エミリはヴォルテールが何かの非公式な使命をおびてベルリンに赴くというかたちがとれないものか、宮廷のおえらがたにはたらきかけた。自分を裏切ろうとしている男を擁護するために駆けずりまわっていたのだ。

こうなると、ひごろヴォルテールに専制的とも言える権力を行使しているエミリは信じがたいほどナイーブであり、むしろ普段はエミリに従順なヴォルテールはことのほか老獪だった。かりに何かの任務をおおせつかれば、エミリに対してベルリン行きの言い訳がたつし、それがなくても、彼女の奔走のおかげで、少なくとも災難を被ることはなくなるだろう。

結局、ヴォルテールはこれといった使命を受けることなくベルリンに発ったが、このことを知ったとき、エミリの衝撃と悲しみと怒りはいかほどのものだったことだろう。

わたしは宮廷で彼のために走り回って大臣たちの了解をとりつけ、彼が胸をはって帰国できるよう手を打った。その困難な尽力に対して、なんてひどい仕打ちをするのでしょう。

ヴォルテールが滞在するベルリンの宮廷では、ディナーや舞踏会や音楽会の連続、若いプロイセン国王は自分のもとにこの高名な作家をとどめておくために最大限のもてなしをしていた。

ご馳走をたらふく食べ、美しい貴婦人とのダンスに酔い、ヴォルテールは喜悦の時を満喫していたが、それでもエミリが涙ながらに書いてくる手紙に無関心ではいられなかった。このままでは病気で死んでしまう、という彼女の脅しには勝てず、結局、二か月滞在しただけで、ベルリンの宮廷に別れを告げた。

こんどはフリードリヒが腹を立てる番だった。愛人の涙に屈して、国王である自分の最高の歓迎を中途で辞退するという行為は、その自尊心をひどく傷つけた。王はその苛立ちを皮肉たっぷりに手紙にしたため、ヴォルテールにぶつけた。

「パリからの情報では、シャトレ侯爵夫人はお元気なようです。あなたや彼女の良き夫には、自分が瀕死の病人であるかのように装っているのでしょうが、それを信じるほどのお人よしはいません。でも、あなたが彼女の命令にすばやく応じたことに、彼女はきっと満足するでしょうね……」

ヴォルテールはエミリの待つブリュッセルにむけ出発したが、北国の冬の旅は雪と氷に妨害されてなかなか進まない。ベルリンを出たのは十一月末、ブリュッセルについたのは、年を越した一月三日であった。

ヴォルテールの元気な顔を見たとたん、エミリは彼の不在のあいだ反芻しつづけた恨みも悲しみも苦悩も、これで死んでしまうのかと思った病気も、いっぺんに吹き飛んだ。

フリードリヒ二世は即位してまもなく、シュレジエン（ハプスブルク家領）進攻の命を下すのだが、このとき、エミリは、信頼できる友ダルジャンタル伯爵にこう書くのだ。

「プロイセン国王はいくらでも好きな領土を自分のものにすればいい、けれどわたしの生きる喜びとなっている存在をわたしから奪わないでほしい」

このベルリン行きにおいて、フリードリヒとヴォルテールとのあいだには一種の暗黙の示し合わせがあった。国王はヴォルテールが自分の宮廷にくるのを妨げているのはエミリであることをよく知っており、ヴォルテールのほうも彼女の束縛から脱したい気持ちをそれとなく仄めかせていた。王はヴォルテールが招待を受けやすい状況をつくってやり、ヴォルテールはそれに乗ったのである。

直情径行のエミリは、この二人の悪賢い男の敵ではなかった。国王はエミリからヴォルテールを引き離したことに密かな喜びをおぼえたものだが、結局、ヴォルテールはエミリの悲痛な叫びに抗することができなかった。彼女はプロイセン国王に勝ったのだった。

ヴォルテールは無事エミリのもとに戻ってきたものの、国王は敗北が嫌いであり、ベルリンの宮廷にこの高名な作家を呼びたいという欲求を捨てたわけではなかった。

その後も何年かのあいだ、フリードリヒとエミリとのあいだに、ヴォルテールをめぐって一騎打ちがおこなわれることになるのだが、どちらも決定的勝利はおさめなかった。

愛の終焉

エミリをさらに苦しめたことがあった。他の女がヴォルテールの心をとらえるようになったことである。まずヴォルテールを夢中にさせたのは、美人女優ゴーサン嬢、彼の戯曲『ザイール』のヒロインを見事に演じる女だった。それは、かりそめの恋に近いものだったが、エミリを気も狂わんばかりの悲しみにおとしいれた。

もっと恐るべきライバルは、ヴォルテールの姪ルイーズ（ドニ夫人）だった。

ヴォルテールには、ふたりの姪がいたが、そのひとりルイーズに彼は特別の愛情をそそいでいた。母親と父親をたてつづけに失ったルイーズにとって、ヴォルテールは父のような存在だった。

ルイーズが二十五歳になったとき、ヴォルテールは、シレー城の隣人シャンボナン夫人の息子に彼女を嫁がせようとした。この企てには、ルイーズを自分の近くにおいておきたいという密かな願望が混在していなかったとは言いきれない。

けれど、ルイーズは田舎者の男を嫌い、相思相愛の仲だったニコラ＝シャルル・ドニというさほど地位の高くない軍人と結婚した。ルイーズの持参金を払ったのは、ヴォルテールだった。

ルイーズは夫とともにシレー城にやってきて、何日か滞在し、おじとエミリとの生活を見守ったが、エミリにはあまりよい印象を持たなかった。

ルイーズの目に映ったシャトレ夫人は、精いっぱいの魅力でヴォルテールの気を引きな

ヴォルテールの姪ルイーズ（ドニ夫人）。彼の愛人となる

がら、専横をほしいままにしている女だった。ヨーロッパじゅうに盛名をはせる大作家を不当にも支配し、縛りつけている許しがたい女。ルイーズに限らず、シレー城に滞在した女たちのほとんどが、エミリとヴォルテールの関係について、そんな印象をいだいたものだった。

ルイーズはエミリの言いなりになっているヴォルテールに同情した。彼女のくびきから解放してあげたいという気持ちに駆られたが、当初、それはおじに対する姪の愛情以上のものではなかった。

だが、それから十年ちかくたって、ルイーズが夫に先立たれ、ひとり身になったとき、おじとの仲に変化が生じた。ルイーズは三十三歳になっていたが、そのみずみずしさと肉感的な美貌は娘時代と少しも変わらなかった。

ヴォルテールは彼女にエミリにはない優しさと安らぎを見いだした。けれど、彼とルイーズとの愛は、エミリと結びえた愛に匹敵する高みに達することは決してなかった。

ヴォルテールはあいかわらず常にエミリと同伴し、新しい恋人ルイーズのことはひた隠しに隠していた。姪を愛しながらも、ヴォルテールはエミリと別れる気にはなれなかった。

ルイーズは音楽や演劇に通じた教養ある女だったが、ヴォルテールが心からその才能に敬服し、知的交換ができる女とみなしたのは、生涯をつうじて、エミリだけだった。

かつて、エミリはヴォルテールとモーペルチュイという二人の男のあいだを揺れ動いたが、いまや、立場は反対になり、エミリのほうがヴォルテールの不実に苦しまなければならなかった。

シャトレ夫人の『幸福論』は、そんな苦悶の中で書かれたものであり、それは彼女の心の叫び声であった。

エミリの非凡さは、愛を喪失した悲しみで一時は手につかなくなっていた学究に戻り、そして、ヴォルテールとのあいだに友情という新しい関係を構築しようとしていたことである。彼女はニュートンの大著『自然哲学の数学的原理』の翻訳と解説に、彼女ならではの強固な意志をもって乗りだしていた。

もはや、どんな愛の苦悩も彼女をこの仕事から引き離すことはないのだ。

第六章

ある従僕の証言

ヴォルテールとシレー城で生活しはじめたとき二十九歳だったシャトレ夫人も、四十路に達していた。

シレーはあいかわらず、ふたりの根拠地にはちがいなかったが、いまでは、城を留守にすることのほうが多い。

ブリュッセルにおけるシャトレ家の係争がだらだらと続いているうえに（最終的には示談で決着がはかられるのだが）、いろんな用件が、エミリとヴォルテールを、パリや、ヴェルサイユ宮殿や、フォンテーヌブローの宮殿に向かわせた。隠遁生活というより、どちらかといえば、もう放浪生活だ。

従僕ロンシャンの驚き

エミリはニュートンを翻訳し、解説するのに、パリに住む数学者クレローと共同研究をしなければならなかった。その科学上の業績が認められて、彼女は、威光あふれるボローニャ学士院のメンバーに選出されていた。フランスの科学機関が女を締め出していたこの時代、イタリアのボローニャには女に扉を開いていた機関が存在したのだ。

ヴォルテールのほうは、国王の愛妾ポンパドール夫人の庇護や宮廷におけるエミリの奔走のおかげで、権力との関係は改善されていた。国王修史官に任じられ、第一王子の婚礼に際して演じられる戯曲『ナヴァールのプリンセス』の執筆を依頼された。そして、一度は落選の憂き目を見たアカデミー・フランセーズ（学士院）会員についに選出された。

そんなわけで、ほぼ同じ時期に、ふたりともアカデミシャンとなり、揃って宮廷に滞在する機会もふえた。

パリでは、トラヴェルシエール街の館が、ふたりの共同生活の場となっていた。

このころからのエミリとヴォルテールの日常生活をじかに観察していた男の回想記が残されている。ふたりの従僕として仕えたロンシャンである。エミリとヴォルテールが連れだって旅にでるときも、この男がお供をした。

ロンシャンは、その回想録の前文で、こう言っている。自分には作家を気取るつもりはない、もし、この記録に興味を持つ文学者があらわれたなら、文章を整えて、ヴォルテールに関係のない部分はカットしたうえで、自由に使ってほしい。

手書きのまま放置されていたロンシャンの回想記が、発見され出版されたのは、書かれてから七十年ほどした一八六三年のことであった。

ロンシャンは、エミリのメイドをしていた姉のつてで、シャトレ家に雇われた。その前は、ロレーヌ公国の宮廷に仕えていた。

到着の翌朝から、ロンシャンは、シャトレ夫人に仰天させられる。この女主人が目を覚ましたらしく、合図の鈴が鳴ったので、ロンシャンはメイドの後ろについて彼女の部屋に入っていった。エミリはベッドに張りめぐらされたカーテンをあけて起きあがると、彼の目の前で、着ていたネグリジェをストンと床に脱ぎ落として、素っ裸になり、メイドの差し出す部屋着に着がえた。

ロンシャンはロレーヌ公国の宮廷で、貴婦人たちの着がえの場によく居合わせたものだが、これほど人目を気にせずに、一糸まとわぬ姿になる女ははじめて見た。

それから数日して、またしても驚くべきシーンに遭遇する。

浴室で入浴ちゅうのエミリが鈴を鳴らした。用事があるときの合図である。メイドは手が離せない状況にあったので、かわりにロンシャンが駆けつけた。

「お湯が少しぬるくなってきたの、火にかけてある熱湯をそそいでくださらないかしら」

彼がそれまで仕えたことのある貴婦人たちは、裸体を隠すために浴槽に入浴剤を入れて湯を不透明にしていたものだが、エミリはそんなことにはまったく無頓着で、澄みきった湯の中には豊満な肉体がくっきりとした曲線をえがいている。ロンシャンが湯沸しを持ってゆくと、湯をそそぎやすいように彼女は股をひろげた。彼は、頭に血がのぼってくるのを覚えて、思わず顔をそむける。

「注意してよ、お湯がかかるじゃないの！」

見るつもりがなかったものが、いやでもロンシャンの目に入ってきた。

これは、シャトレ夫人にまつわる有名なエピソードで、現代の羞恥心の研究家たちの格好な素材になっている。シャトレ夫人は従僕を男とみていなかったというのが、おおかたの解釈だが、わたしとしては、必ずしもそれだけではないように思える。

シチュエーションは少々ちがうが、まだ僅かながら残存している日本の銭湯で、番台に男が座っている場合、女湯の脱衣場を観察すると面白い。番台の男の視線を気にかけるような仕草で服を脱ぐ者もいれば、まったく意識せずに勢いよく裸になる者もいる。人間の性格はそんなときによくあらわれるものだ。

このエピソードは、むしろエミリの天衣無縫な性格の一端をあらわしているのではないだろうか。

パリの館では、一階にヴォルテールが住み、シャトレ夫人の部屋は二階だった。

彼女は、朝、クリーム入りのコーヒーを飲むだけで、その後は夜まで何も口にせず、晩餐もたいていどこかに招かれていたので、家で食事をすることはめったになかった。六か月のあいだに彼女が家で夕食をとったのは、せいぜい十回ほど。そんなとき、テーブルにつくのは、ふつうシャトレ夫人とヴォルテールのふたりっきりで、客人があっても五、六人がいいところ、料理の品数もあまり多くない。地下の酒蔵はいつもがら空き状態だった。

あちこち飛びまわってあるき、自分の家はもっぱら仕事場にしていたエミリの暮らしぶりがよくうかがえる。もともと、華やかなことや遊びごとは大好きでも、食べることにはあまり執着のない女だった。

だから、ロンシャンはさほどの用事を言いつけられることもなく、とくにエミリが部屋にこもってしまう午後は暇を持てあまして、ヴォルテールが住む一階に降りてゆき、秘書がヴォルテールの草稿を清書したり、書き写したりするのを見物していた。やがてロンシャンはときどき秘書の手伝いをするようになり、その字体や仕事ぶりはヴォルテールを満足させ、本人も仕事がだんだん面白くなってきた。

それから少しして、秘書が病死してしまい、ロンシャンがその代わりをつとめることになる。以後、彼は、ヴォルテールが全幅の信頼をおく男となるのだ。

喧嘩の悲喜劇

外でさんざん遊んだあとでも、ニュートンの『自然哲学の数学的原理』にとりくむときのエミリは、どこにそんなエネルギーが残されていたのかと思うほどの集中力を発揮する。

この大著は、三部から構成されていて、それぞれの部がいくつもの命題や定理や補助定理に分かれている。おおざっぱに言えば、第一部は物体の運動、第二部は、抵抗をおよぼす媒質内での物体の運動にさかれている。デカルトの渦動説ではどうして惑星の運動が説明できないかが論じられているのがこの第二部においてだ。そして、第三部にいたって、いよいよ万有引力の法則をもちいた太陽系の運動の説明に入る。

ひとつひとつの命題や定理を自分で計算しなおしながらすすめてきた翻訳は、すでにほとんど終わっていて、エミリは微積分法を駆使して解説を書きはじめていた。時間と根気をもっとも必要とするのは、いったんおこなった計算をもう一度チェックしてゆく仕事であり、それには、科学アカデミー会員の若い数学者クレローの協力を必要とした。

ヴォルテールの部屋で共に夕食をとる以外は、クレローと部屋にこもりっきりの日が何日もつづいた。

そんなある日、ヴォルテールは胃腸の調子が悪く、はやめに夕食をすませて、さっさとベッドにつくつもりで、エミリとクレローにそう伝えておいた。

けれど、時間になっても、二人とも食事に降りてこないので、「呼んできてくれないか」とロンシャンに頼んだ。彼は二階にあがって、ドアの外から声をかけた。

「ヴォルテールさまがテーブルでお待ちでございます」

「もう少しで計算が終わるの、あと十五分待ってくださらないかしら」

だが、十五分どころか、三十分たってもエミリとクレローはやってこないので、ロンシャンはふたたび二階にのぼりドアをたたいた。

「はい、すぐいきます！」

ヴォルテールはテーブルに料理をはこばせた。けれど、いつまでたっても二人はあらわれず、料理はすっかり冷めてしまった。もう許しておけない！　ヴォルテールは立ち上がると、荒々しい足取りで階段をかけのぼった。ドアは内側からカギがかかっているらしく、引っぱっても開かず、彼はますます苛立ってドアを思いっきり足で蹴った。

エミリとクレローはようやく部屋から出てきた。テーブルについた二人をヴォルテールは睨みつけた。

「二人してぼくを死なせるつもりですか！」

ふだんは愉快なはずのディナーの時間だが、その夜ばかりは気まずい空気が流れ、三人とも皿ばかり見ながら、ほとんど言葉を交わさずに料理を口にはこび、食事が終わるとさっさとテーブルを離れた。

翌朝、エミリはヴォルテールと仲直りするつもりだったらしく、いつもよりずっと愛想のよい顔でロンシャンに告げた。

「けさは、彼の部屋でコーヒーをいただくことにするわ」

階段を降りると、彼女はにこやかな笑みをうかべて、ヴォルテールの部屋に入っていったが、彼はまだ腹の虫がおさまらないようで、そっぽをむいたままだ。ロンシャンは彼女のカップになみなみとコーヒーをそそいだ。

「計算がなかなか終わらなかっただけなのに、あんな怒りかたをなさるなんて、ひどすぎるわ」

そう言いながら、カップをのせた受け皿を左手にもって近づいてゆき、右手で彼にふれようとしたが、その手をヴォルテールは乱暴に払いのけた。カップと受け皿が彼女の手からすべり落ちて、床に砕けた。

そのカップは、風景と人物の美しい絵が描かれていて中が金色に塗ってある高価なもので、エミリがとても愛用していたものだった。

こんどは、彼女がカッとする番だった。例によって例のごとく、ふたりとも英語でしゃべりはじめる。喧嘩にせよ、愛のささやきにせよ、人に聞かれたくない話になると英語にかわるのが彼らの習慣だった。

英語での激しい言葉の応酬の後、エミリはバタンとドアを閉めて出ていった。

ヴォルテールは、ロンシャンに飛び散ったカップの破片をかきあつめさせ、いちばん大きなかけらを選んでから、二ルイの金貨といっしょに握らせた。

「陶器屋に行って、これと同じものを買ってきてくれ」

陶器屋には同じものはなかったが、よく似たものを見つけて値段をたずねると、十ルイだという。とうていお金が足りないので、何種類かの品物を持ってヴォルテールのところに来てもらうことにした。彼はその中からひとつを選び、「いくらかね？」と聞く。陶器屋はやはり、十ルイだという。

「もう少し安くならないかね？」

だが、陶器屋はびた一文もまけようとしない。

やむをえずヴォルテールは十ルイでカップを買ったが、結局、自分のほうが喧嘩のつけを払わなければならないことは面白くなかった。彼はぶつぶつ呟いた。

「彼女も、自分の部屋でコーヒーを飲んでから、降りてくればよかったのに！」

そう言いながらも彼は、そのカップをエミリの部屋に届けるようロンシャンに命じ、ふたりは仲直りしたのであった。

王妃の賭場での騒動

ルイ十五世妃は、カヴァニョルというギャンブルが大好きで、しばしば自分の宮廷で賭場をひらいたものだった。

エミリも、このギャンブルには目がなかった。あるとき、フォンテーヌブローの宮殿において、王妃主催のギャンブルが大々的におこなわれることになった。のがせない機会！

エミリはヴォルテールとともにフォンテーヌブローにでかけることにした。

パリを出る前にエミリは有り金をかきあつめて、四百ルイを用意した。賭け事をしないヴォルテールも、二百ルイほど持った。

その夜、王妃の宮廷では、渦巻く興奮の中でつぎつぎに高額の金が賭けられ、エミリの手持ちの金はどんどん少なくなっていく。すでにエミリは歯止めのきかない状態におちいっていた。

とうとう一晩で四百ルイという大金をぜんぶすってしまった。それで止めておけば、事件はおこらなかっただろうが、エミリは、ただちに金の工面のために使いの者をパリにはしらせる。

とりあえず、ヴォルテールは自分が持っていた二百ルイをエミリに都合してやったが、翌日、その金もすぐに賭場に呑みこまれてしまう。使いの者は高額の利息で二百ルイを入手し、さらにエミリの旧知の女友だちが百八十ルイほど工面してくれ、合計、三百八十ルイを手にすることができたが、その金もまたたくまに消えてしまった。

ここまでくると、「次はぜったいに勝ってみせるわ」という思いだけで頭がいっぱいになり、もう後戻りできないのがエミリだ。一銭も金がなくなると、こんどは支払いの口約束を担保にゲームを続行するという危険な行為にでた。

彼女はあいかわらず負けつづけたが、すてばちの大胆さで、口車に乗せられてどんどん賭け、気がつくと、借金は八万四千リーヴル（約三千五百ルイに相当）という巨額に達していた。ヴォルテールはこのエスカレートするギャンブルを驚愕しながら見守り、ゲーム台のまわりを歩きまわっていたが、相手の勝負師たちがインチキをしているらしいと疑っていた。とうとう我慢できなくなった。

「エミリ、あなたはペテン師たちとゲームをしていることに気づかないのですか！」

ヴォルテールは用心して英語でささやいたのだが、その意味が相手側につたわってしまった。いやしくも王妃が主催し高貴な人たちを集めた賭場、そのゲームが冒瀆されたのだ。いっきに空気は凍りつき、敵意にみちた視線がヴォルテールに集中した。

エミリは自分自身のことでは目茶苦茶な無軌道にはしることがあっても、いざヴォルテールに危機がせまると、理性をとり戻し迅速に行動する。

「お借りしたお金はすぐにお返ししますわ」、いちおうその場をおさめて部屋にもどると、荷物をパリに運ぶのはロンシャンにまかせ、ヴォルテールをともなって、その夜のうちに馬車に乗り、フォンテーヌブローの宮殿から逃げ出した。

パリの近くまでくると、ヴォルテールはある居酒屋に入ってゆき、インクと紙を借りて、ソー宮殿のメーヌ公爵夫人にあてて、しばらく匿ってほしいという手紙を書き、使者にたくした。

ルイ十四世の準嫡子を夫にもつメーヌ公爵夫人は、パリの南十キロほどのソーに、ヴェルサイユを模した宮殿を建て、そこに女王のように君臨していた。ルイ十四世が逝去したとき、ルイ十五世はまだ五歳、メーヌ公爵夫人は政治的野望を燃やし、摂政に指名されたオルレアン公を斥けて、自分がその座につこうと策動する。けれど、その画策は失敗に終わり、公爵夫人は投獄の憂き目にあう。

悔悛しオルレアン公と和解してソー宮殿に戻った夫人は、政治的野心を捨て去って芸術・文学活動のみに専心していたが、彼女の存在は暗黙の重みをもちつづけた。ヴォルテールが身を隠すには格好の場所である。

事情を知ったメーヌ公爵夫人は、ヴォルテールのいるところまで馬車をさしむけ、ソー宮殿に匿ってくれた。彼は、自分の存在がばれないように、日中はよろい戸をぜんぶ閉めた部屋から一歩も出ずに戯曲の執筆に専心し、深夜、公爵夫人の客人たちが引きあげた後、彼女の部屋にゆき、腹心の従僕が用意した食事をとる。

ソー宮殿でのヴォルテールのそんな潜伏生活は二か月つづくことになる。

ヴォルテールを匿ったメーヌ公爵夫人（下）と夫人が君臨したソー宮殿

そのころ、エミリのほうは、ギャンブルの借金返済のために、パリで金策にかけずりまわっていた。

ヴォルテールに侮辱されたと憤る人たちは彼の行方を追っていたが、誰も居場所をつきとめることができなかった。プロイセンに逃げたという噂までとんだ。エミリが直接ヴォルテールと手紙のやりとりをするのは危険なので、連絡はすべてダルジャンタル伯爵を介しておこなった。『哲学書簡』の一件をはじめとして、ヴォルテールとエミリの危機を何度も救ってくれた男である。

ギャンブルの借りとなった八万四千リーヴルは、エミリをシャトレ侯爵と結婚させるために、父ブルトゥイユ男爵が支払った持参金の約半分にあたる額だから、生半可の金額ではない。この借金を返済するのに、エミリはかなりきわどい手段を使った。

ちょうど新しい徴税請負人が任官する時期にあたっていたので、宮廷のつてを通じて、これに乗じることにしたのだ。徴税請負人とは、国王に納める税を徴収する役目で、王に実際に納める分と自分が徴収した分の差額が、その任務につく人の利益となる。

エミリは、その徴税請負人の任務を自分が分担するということにしてもらい、そこから生まれる利益を売却するというかたちで借金を返したのだ。そもそもフォンテーヌブロー宮殿のギャンブルそのものが相当いかがわしいものだったが、そこから生じた借金を彼女もまた相当いかがわしい手段で返済したのであった。

借金問題にそんなふうにけりをつけると、こんどはヴォルテールを救い出すために奔走しなければならなかった。王妃の賭場でのヴォルテールの発言に激怒している人たちのところを回ってあるき、彼らの怒りをなだめるのに成功した。

これで一件落着、エミリはソー宮殿にヴォルテールを迎えにいき、彼はようやくみんなの前に姿をあらわした。この二人の有名人の出現で、メーヌ公爵夫人が老いてゆくにつれて活気を失いつつあったソー宮殿はにわかに華やいで、久々に演劇熱につつまれた。エミリを筆頭に、宮殿の貴婦人たちの総出演で、来る日も来る日もヴォルテールの戯曲が演じられた。

このお祭り騒ぎの熱っぽさが四方にひびきわたると、ヴェルサイユに住む宮廷人までがソー宮殿に押しかけた。パリからバイオリンやフルート奏者、踊り手や歌い手が呼ばれて、音楽会や舞踏会もおこなわれ、催し物のない日は、宴会となった。

エミリとヴォルテールがどこかに滞在すると、しばしばこうした賑やかなお祭りとなったものだったが、いかんせん、ほどほどのところで止めておくことを知らない点では、ふたりはよく似ていた。

　ある日、ヴォルテールは、新しい戯曲の上演に五百人の客人をソー宮殿に招待した。馬車の置き場など、客人の接待についてエミリとともにこまごまと配慮したが、ただ一つ忘れていたことがあった。城主であるメーヌ公爵夫人への気くばりである。

　彼女の宮殿に、いきなり見ず知らずの五百人の男女がやってきて、庭園の花壇を踏みつけたり、彼女のソファーを勝手に使ったりした。芝居は大いにうけたが、メーヌ公爵夫人の顔に笑みはなかった。

「疲れたわ」

たったひとことそう言っただけで、彼女は自分の部屋に引きあげていった。

　エミリはハッとした。自分のおかした過ちに気づいたのだ。ギャンブルの失敗をうまく修復したことで、ついはしゃぎすぎてしまった。

　エミリとヴォルテールはメーヌ公爵夫人に丁重に礼を言い、彼女のほうもいちおう彼らの労をねぎらい、双方とも表面だけはなんとか繕って、ふたりは逃げるようにソー宮殿を引きあげた。

またしても逃亡

王妃の賭場でのエミリとヴォルテールの失態にけりがつき、ふたりは、ふたたび大手を振ってヴェルサイユやフォンテーヌブローの宮廷に出入りできる身になった。けれど、宮廷というところは、本質的に彼らには合わない場所だったのか、またしてもヘマをしでかしてしまう。

宮廷でヴォルテールに目をかけてくれたのは、国王ルイ十五世の愛妾ポンパドール夫人である。彼女は豊かな教養の持ち主で、文芸の庇護者としてよく知られているが、ヴォルテールにはとくに好意的だった。ヴォルテールがかつてシレー城のちいさな劇場のために書いた戯曲『放蕩息子』が、国王を前にして宮廷で演じられることになったのは、ポンパドール夫人の尽力のおかげだった。

上演の場にはヴォルテールとエミリは居合わせなかったが、宮廷人のあいだで大好評だった。だが、ここでもまたヴォルテールは自分の頭上に災難を呼びよせる不始末をしてしまう。ポンパドール夫人が次回の上演にはぜひヴォルテールを招くよう王に進言し、確約させたと聞いて、彼は大感激し、夫人を称える詩を公表してしまった。それも、国王とおふたりで平和に暮らされますように、といった調子の、まったく王妃の存在を無視した

ヴォルテールを庇護した、ルイ十五世の愛妾ポンパドール夫人（下）と、彼の戯曲が上演されたヴェルサイユ宮殿の劇場

詩なのだ。

世の中には、誰でも知っていても、けっして口に出してはならないことがあるものだ。宮廷におけるポンパドール夫人の権力がいかに強力なものであっても、王の愛人であることには変わりなく、ヴォルテールの詩は意図せずに王妃を侮辱するものだった。王妃のとりまきや秩序を重んじる宮廷人は激怒し、エミリとヴォルテールのまわりにはまたしても不穏な空気がただよいはじめた。

どこに行こうと、ふたりのどちらかが慎重さを欠く行為にはしり、騒動の原因をつくってしまう。なんという似た者どうしなのだろう！

エミリとヴォルテールはさすがにパリやヴェルサイユの社交生活に疲れ、またシレーが懐かしくなった。ふたりが最初の愛をはぐくんだ辺境の城は、きっとやさしく自分たちを抱擁してくれるだろう。

仕事のためにも、そのほうがいい。

道中の災難

雪の深く寒い冬だったが、エミリとヴォルテールはシレー城へと旅立つ決心をした。

彼女は、旅にでるとき、いつも必要な書類すべてと大量の本を持ってゆく習慣があり、古い馬車にぎゅうぎゅうに詰めこまれた荷物が、人の座る場所まで占拠してしまうありさまだった。

彼らが出発したのは、夜の七時だった。その夜は、三十キロほど先のラ・シャペルにある知人の城で一泊する予定だった。その手前の宿駅で馬をかえなくてはならず、ロンシャンは、馬の手配のために主人たちより先に出発した。

ロンシャンが宿駅に着いたのは、午前零時、その日は教区の祭りで、御者たちはみんな街に出かけてしまい、宿駅にはひとっこ一人いない。ロンシャンは大声をあげて叫びつづけ、ようやく近所の人が御者と馬をつれてきてくれた。

ところが、そろそろ着いてもいいはずのエミリとヴォルテールを乗せた馬車がいっこうにあらわれない。

ロンシャンは、先に城に行ってエミリとヴォルテールの夕食のためにロースト・チキンを用意しなければならなかったので、もう一頭の馬を調達してもらい、一人で出発した。

目的地の城に着いたのは午前二時ごろ、格子戸は閉まっていて、城はシーンと静まりかえり、いくら大声をはりあげても、門衛はあらわれない。

どこかに入り口はないかと、城の周囲をぐるりとまわって、小さな扉を見つける。呼び鈴を何度か鳴らして、ようやく庭師が顔を出し、門衛に伝えられて、城に入ることができた。言いつけられた通り、ロースト・チキンの準備もした。

ところが、エミリとヴォルテールはいつまでたってもやってこず、事故でもあったのではないかと心配になってきた。

朝八時、エミリの馬車が、のろのろ足で、よたよたしながら城に向かってくるのが、目にはいる。ようやく、ご到着！

じつは、エミリの馬車は、もともとオンボロだったところに本の積みすぎで限界に達していて、四キロも行かないうちに車軸が壊れて、横転したのだった。ヴォルテールの上にエミリとメイドが覆いかぶさるようなかたちで、三人とも雪の中に投げ出され、ヴォルテールは絞め殺されでもするかのような悲鳴をあげた。

三人は御者に助けおこされたが、周囲に人家はない。御者のひとりが、一頭の馬を馬車からはずして、二キロほど先の村まで助けを求めにゆき、修理してもらうために四人の男たちを連れてきた。

そのあいだ、エミリとヴォルテールは、馬車からクッションを取り出して、並んで雪のなかに座った。凍えるほどの寒さなのに、ふたりとも熱心に月や星を観察し天体の運動について論じ合っていて、その姿はみんなを驚かせた。

男たちは何とか車軸の応急処置をしたが、労賃として支払われた十二リーヴルという額に不満で、ブツブツ言いながら立ち去ろうとした。

だが、馬車が動き出した途端に、また車軸がはずれてしまい、大急ぎで男たちを呼び戻そうとしたが、彼らは首をたてに振らず、より多額の支払いを約束して、ようやく来てもらった。

宿駅に着くと、蹄鉄工が来てくれたが、車軸の修理に夜明けまでかかった。けれど馬車はそうとう傷んでいるうえに、この積荷では速く走らせるのは危険だというので、のろのろ足で歩かせて、やっと目的地の城に着いたというわけであった。

翌日、エミリとヴォルテールは、シレーにむけて出発するつもりで、馬と御者を呼んでもらった。だが、御者は馬車を点検すると言った。「とても走れる状態ではありませんよ！」

馬車の修理にまる二日を要し、こんどは事故をおこすことなく、無事シレー城に到着したのだった。

だが、久しぶりにシレー城に戻ってきたエミリとヴォルテールは、そこには、以前のような陽気な雰囲気はもはや存在しないことを認めざるをえなかった。

過ぎ去ったかつての生活を懸命にとりもどそうとして、ふたりは昔のように近隣の人たちをあつめて、シレー城の劇場で芝居を演じた。だが、宮廷ですごしたあの陶酔の日々に思いをはせると、ふと侘しさがこみあげてくる。

エミリは華やかな世界が忘れられず、フリードリヒ二世がふたたびヴォルテールを誘惑してくるのではないかと恐れはじめた。

ロレーヌ公国のスタニスラス王が、シャトレ夫人とヴォルテールをリュネヴィル城に招待するために使者をおくってきたのは、そんなときであった。

第七章

リュネヴィル城の恋人

スタニスラス王の宮廷

リュネヴィルは、フランス東部ロレーヌ地方の伝統色ゆたかな美しい都市である。現在、フランスに属するロレーヌは、十八世紀前半には、独立公国だった。大国に挟まれ、何度も干渉をうけ占領されながらも、長きにわたって独自性を保ったことは、今日でもこの地方の人びとの誇りである。

二〇〇一年、いまは博物館となっているリュネヴィル城を訪れたとき、案内してくれた学芸員の女性に、「あなたには、フランス人という意識とロレーヌ人という意識のどちらのほうが強いですか」とたずねたところ、言下に「もちろんロレーヌ人です」という答がもどってきた。

一七四八年、シャトレ夫人とヴォルテールがリュネヴィル城に招待されたとき、ロレーヌは、独立公国からフランスの支配下に入る移行期にあった。この過渡期を治めたのが、もとポーランド王スタニスラス、フランス国王の妃マリー・レクザンスカの父親にあたる人物である。スタニスラスの死後、ロレーヌはフランスに統合されることになっていた。

ポーランドはつねに他国の干渉に翻弄されており、スタニスラスは、スウェーデン王の後押しでいったんポーランド王になった。だが、その五年後、ロシアの皇帝の支えをうけたアウグストに王位を奪われ、フランスに逃げた。アウグストの死後、フランス国王ルイ十五世はふたたびスタニスラスを即位させようとして失敗する。

そして、祖国を追われたスタニスラスは、ポーランド王という称号を維持したまま、最後のロレーヌ公として迎えられ、公国の旧都ナンシーから三十キロほど離れたリュネヴィル城に身を落ち着けたのだった。

このスタニスラス王からの招待は、エミリとヴォルテールにとって、願ってもないことであった。

ヴォルテールはルイ十五世の愛妾ポンパドール夫人を公然と称えることで、王妃を侮辱するという失態を演じ、またしても当局の追及という不安を抱えていた。だが、王妃の父親スタニスラスと仲良くすれば、宮廷人の苛立ちもおさまるかもしれない。

エミリのほうは、物理学者としての名声は得たものの、愛の不在に苦しみ、心の奥底につきささるような孤独感にさいなまれていた。

エミリとヴォルテールの知的な絆が弱まることはなかったが、両方とも相手に疲れており、ふたりだけでシレー城にいることが苦痛で、社交界の刺激をほしがっていた。そんな彼らにとって、ロレーヌ公国のリュネヴィル城ほどうってつけの場所がほかにあるだろうか。休息と安全、娯楽と社交、そこにはすべてがそろっている。

それだけではない、エミリは夫シャトレ侯爵のためにロレーヌ軍司令官の地位を確保しようとしていた。リュネヴィル行きは、その交渉の絶好のチャンスだった。

エミリは、すでに娘ポリーヌをナポリの名門貴族モンテネロ・カラッファ公爵と結婚させることに成功し、息子フロラン＝ルイがよいポストを得られるようにあちこちに手をまわしていた。彼女はシャトレ家の「外交官」としての役割も果たしていたのだ。

スタニスラス王は、名目上はロレーヌ公でも、実際の政治権力を握っていたのはフランス国王の意を代弁する大法官マルタン・ショモン・ド・ラ・ガレジエールであった。スタニスラスのほうは、もっぱら芸術・文学活動を指揮する王として君臨していた。

そんなわけで、リュネヴィル城は政治やビジネスとはあまり縁がなく、そこを訪れる人たちは、ヴェルサイユ宮殿を模したその豪華さに驚嘆しながら、存分に遊びを満喫したも

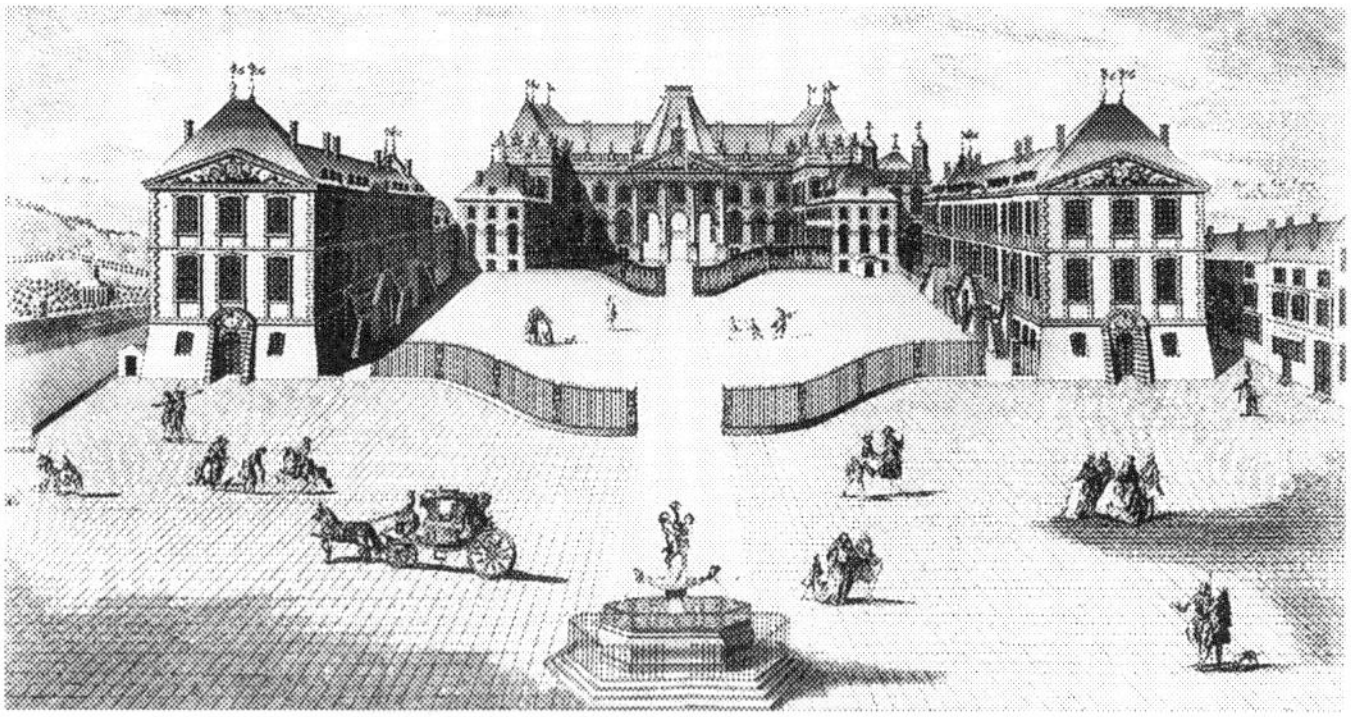

エミリとヴォルテールを招待したロレーヌ公、スタニスラス王（下）と、王の美意識を反映したリュネヴィル城

のだった。

いわば、金持ちの年金生活者が楽しんで暮らしているような所で、めんどうな美徳などに煩わされることもない。政治的役割をほとんど奪われているのだから、できるだけ優雅に暮らすのが、いちばん賢明なのであった。

スタニスラス王は、するどい審美眼をもち、宮廷の改装や造園に、みずから直接指示をあたえていた。何人もの建築家や庭師を雇って、トルコふうテラスをつくってみたり、塔を建てたりし、庭園に洞窟めいたものやその他の目新しいものを建設しては取り壊し、また新しく建設しては、楽しんでいた。田園風景を愛する心の持ち主で、王のつくった庭園にはそんな美意識があらわれていた。

現在見ることができるロレーヌ地方のナンシーやリュネヴィルの都市美は、このスタニスラス王に負うところが大きいという。

スタニスラスは格式ばったことが大嫌いで、フランス王妃である自分の娘マリーに会いにヴェルサイユ宮殿にでかけるたびに、七面倒くさい儀式に従わなければならないのにウンザリしたものだった。自分のとりまきが満足そうな顔をしていないと気がすまず、リュネヴィル城では、毎日のように音楽会や芝居がおこなわれていた。

王のテーブルは大切な社交場で、いろいろな趣向が凝らされていた。テーブルの中央に置かれる装飾皿は王みずからデザインしたもので、狩の風景や神話のシーンが描かれた豪華なものだった。

ポーランドを追われたことを嘆き故国を懐かしがってばかりいた王妃は亡き人となっていて、この陽気なスタニスラス王の傍らで宮廷をとりしきっているのは、愛妾ブフレール侯爵夫人だった。

ブフレール夫人の母親は、その前のロレーヌ公レオポルドの愛人だった。実際、ブフレール夫人ほど王の愛人としてふさわしい女はいなかっただろう。しなやかな肢体、優雅な物腰、ふさふさした巻き毛に縁取られた肌の輝き、三十五歳になっても二十歳そこそこにしか見えない美貌の持ち主だった。

才色兼備で、その笑顔は人を引きつけないではおかない。男が自分に無関心ではいられないことをよく知っている移り気な女で、その魅力は十分に計算しつくされたものだったが、わざとらしい感じはまったくあたえず、どんな振る舞いをしてもごく自然に見えた。王妃亡きあと、ブフレール夫人は女王のようにリュネヴィル城に君臨していた。

スタニスラスは、ロレーヌ公国にむかえられたとき、すでに六十路に達していた。若くて美しく天性の浮気者のブフレール夫人が、高齢の王ひとりに操をたてるはずはなく、彼女には若い恋人がいた。士官、サン・ランベール侯爵である。

暇でのん気なこの宮殿において、音楽会や芝居やトランプやユーモアのほかに、もうひとつの喜びがあった。それは、恋というゲームである。恋愛ほど陶酔感をあたえてくれる甘美な喜びがほかにあるだろうか。

王の歓待

政治的権限のない宮廷とはいっても、どこにでもあるような派閥争いはここにもあった。スタニスラスの宮廷はふたつの陣営に分かれていた。いっぽうは、王の愛人ブフレール夫人派、もういっぽうは、王の聴罪司祭をつとめるイエズス会士ムヌー神父の一派。ブフレール夫人派は、ロレーヌ人が中心で、作家や芸術家、自由思想家《リベルタン》たちをひきつけていた。ムヌー神父側は、宗教的伝統の番人として振る舞い、役人やフランス人を味方につけていた。

ムヌー神父は神の教えを説き、ブフレール夫人は魅惑的な微笑をあたえてくれる。スタニスラス王はつねにその両方を大切にし、どちらの機嫌もそこねないように贈り物も双方に均等にあたえ、両派の言い分に愛想よく耳をかたむけ、けれどどちらにも荷担しない。

ブフレール夫人の取り巻きのなかでも、その愛人サン・ランベールは特別な存在だった。粋で洗練された美青年、やや三文文士的ではあるが愛の詩などを書く才能もあった。

サン・ランベールは、女の心をかき乱す術を心得ていることを自負する例の男たちのひとりであった。快活に振る舞ったかと思うと、ふいに悩ましげな顔つきになり、陽気な笑顔にふと淋しげな表情を浮かべる。そんなとき自分の魅力があますことなく発揮されることを、彼はちゃんと知っていて、その手をたくみに使っていた。

サン・ランベールは貧しい貴族の出で、当初は、士官としての地位も高いものではなかった。だが、持ち前の魅力で貴婦人たちの寵児となり、王の愛人の心をつかんで、衛兵の大尉という地位まで得た。彼は旧都ナンシーの駐屯地から抜け出しては、ブフレール夫人のところに通ってきていた。

ハンサムで機転がきき、抜け目のないサン・ランベールの存在は、宮廷でのブフレール夫人の影響力をさらに強化するもので、ライバルのムヌー神父にとっては頭痛の種だった。

いかにしてブフレール夫人の王に対する影響力をそぐか。彼女にかわる女を見つけだし、王の関心をそちらに向けるしかないだろう。名の知れた女をあれこれ物色したあげく、思い当たったのが、シャトレ侯爵夫人であった。

シャトレ家はロレーヌ公の血脈を受けついでおり、シャトレ侯爵はときおりリュネヴィル城に姿をみせていた。シャトレ夫人はその著作でいまや世に認められていて、しかも売れっ子作家ヴォルテールをしっかりと自分の手に繋ぎとめている。

もし、彼女が自分の側についてくれたら、ブフレール夫人との力関係を有利にできることは間違いない。

だが、ブフレール夫人側も、これとは異なった理由で、エミリとヴォルテールの来訪を願っていた。ヴォルテールの戯曲がヴェルサイユ宮殿で演じられたことや、ふたりがソー宮殿でお祭り騒ぎを組織したことは、リュネヴィル城まで聞こえていた。この異色のカップルがやってきたら、きっとみんなを楽しませてくれるに違いない！

そんなわけで、シャトレ夫人とヴォルテールをリュネヴィル城に招待するという提案は、両方の側から出された。スタニスラス王の使者としてまずシレー城を訪れたのはムヌー神父だったが、そのすぐあとにやってきたブフレール夫人が、結局、エミリとヴォルテールをリュネヴィル城に連れてくることになった。

一七四八年二月、リュネヴィル城に到着したエミリとヴォルテールは、どんな賓客もうけたことのないほどの大歓迎をうけた。見事な庭園では噴水がしぶきをあげ、豪華に着飾った人びとにかこまれて、ふたりは王の抱擁をうけた。彼らのために用意された部屋も最高級のものだった。ヴォルテールの部屋は、国王の真上、エミリの部屋は亡くなった王妃がつかっていた部屋で、ブフレール夫人の向かい側に位置していた。

ムヌー神父は、エミリをブフレール夫人のライバルに仕立て上げようともくろんでいたが、そこはブフレール夫人のほうがはるかに役者が上で、はじめからエミリを自分の陣営に引き入れてしまっていた。だいいち、エミリの性格や好みからして、厳しい戒律にしばられたイエズス会士のムヌー側につくはずはなかった。

ヴォルテールは、リュネヴィル城に到着したとたん病気になって、王の主治医や薬剤師を右往左往させ、城じゅうを心配させたが、すぐに回復した。いったん元気をとりもどすと、猛烈に動きはじめた。リュネヴィルにきた以上はみんなを絶対に楽しませてやるんだ、彼はそんな気迫のようなものをみなぎらせていた。

シレー城とちがって、リュネヴィル城には立派な劇場がある。喜劇、悲劇、オペラ、ヴォルテールはつぎつぎに上演の企画を立て、配役をきめて猛特訓をさせた。こんなときのヴォルテールは見事な遊びの演出人、周囲の人をみんな夢中にさせてしまうのである。

エミリは得意とするオペラを歌い、芝居を楽しみ、トランプ遊びに興じ、すばらしい庭園を散歩した。ディナーがおこなわれるのはブフレール夫人の部屋で、そこではヴォルテールが詩を朗読し、面白い話をしてみんなを笑わせる。ヴェルサイユ宮殿のような儀式ばったところも、もったいぶったエチケットもないこのリュネヴィル城が、エミリはとても気に入っていた。

ふたたび恋におちる

リュネヴィル城にやってきて、一週間ほどしたある朝、エミリは、スタニスラス王に申し出た。

「生涯このお城で暮らしとうございます」

彼女は恋におちいったのだった。相手はブフレール夫人の愛人サン・ランベール。ブフレール夫人とサン・ランベールの恋の駆け引きにエミリが巻き込まれたことが、そのきっかけだった。

ブフレール夫人のお気に入りとしてサン・ランベールは宮廷人のあいだで幅をきかせて

いた。けれど、彼女は天性の移り気、そろそろこの士官に飽きがきていて、そんなときにライバルが出現した。名はアデマール子爵、サン・ランベールのような貧乏貴族とちがって財力のある名門出の男である。

ブフレール夫人の行くところにはいつもアデマールの姿があり、ふたりはサン・ランベールの頭ごしに目くばせをしたり、微笑みあったりしている。彼女はアデマールに好意をいだいていることを隠そうとさえしない。

エミリの最後の愛人となるサン・ランベール侯爵

サン・ランベールは気が気でない。あの男が、自分の座を奪ってしまうのだろうか。いや、彼女が愛しているのはぼくだ、一時の心の迷いなんだ。彼女に嫉妬心をおこさせれば、きっともう一度、ぼくのほうを振り向いてくれるにちがいない。

このごくありふれた恋の常套

手段に訴えるのに、サン・ランベールが目をつけたのは、エミリだった。エミリが自分に興味をしめしていることを見てとっていたからだ。

エミリはサン・ランベールより十歳年上で、四十二歳をむかえようとしていた。彼女は『幸福論』の中で愛の終焉について語っていた。もはや恋に燃えることのできる年齢はすぎてしまったように思えていた。だが、彼女の本性がこれに逆らう。心の中にできた空隙を埋めてくれるような激しい愛を自分でも気づかないうちに渇望していた。

そんな状況にある女の心に入りこむのに、多くのことはいらない。彼女が口を開くたびに熱心に耳を傾ける風をし、熱をおびた眼差しで見つめ、謎めいた笑みをおくる。それだけでエミリの心は激しく揺さぶられ、忘れかけていた熱いものが身体をつきぬける。彼女は、あっけなく男の腕に身をゆだねた。

シャトレ夫人は、少女のように愛の幸福に酔いしれた。他の人たちに気づかれないようにサン・ランベールに目で合図したり、人目を避けながらサロンの片隅で手をにぎったり、テーブルの下で足をぶつけたりした。

すぐ近くにいながら、密かに手紙を交換しあった。あらかじめ示しあわせて、手紙は城のサロンに置かれた竪琴《ハープ》のケースに入れておくことに決めていた。エミリは、誰もいないことを見定めるとそっとサロンに入り、ドキドキしながら自分の書いた手紙をケースにしのびこませる。そして、しばらくすると、胸をわくわくさせながらその返事を取りに行くのだ。そんなふうに恋文は、ヴォルテールの目と鼻の先を往復していたのである。

それはまるで若い恋人たちの恋愛遊戯のようで、はじめのうちは、サン・ランベールをけっこう面白がらせた。なにしろ大物作家ヴォルテールの愛人を誘惑したのだから、満更でもない気分だった。

ロレーヌの軍隊に夫のポストを得るというのはエミリの当初からの目的だったが、もしそれが実現すれば、いつでもサン・ランベールに会えるようになる。彼女はますますその交渉に意欲を燃やした。

だが、ヴォルテールのほうにも、姪のルイーズという恋人がいた。彼は彼でそのことをエミリにひた隠しにしていた。ルイーズに会うために、そろそろリュネヴィル城から引きあげたいと思っているのに、エミリがいっこうに腰をあげようとしないのに苛立ちをおぼえていた。かといって、彼女をおきざりにして帰ることもできない。

ふたりとも恋人がいて、それをお互いに隠しあい、それでいながら、ふたりとも別れようとは思っていない。シャトレ夫人とヴォルテールとの絆は、すでに特別な強靱さを獲得していたのだった。

愛の嵐

一七四八年春から一七四九年夏までの一年半のあいだにエミリがサン・ランベールに書いた九十九通の手紙は、二百五十年あまりの年月に耐えて、現在まで保存されている。一九九七年になって、それが一冊の本にまとめられて出版された。
最初のころの手紙には、はじめて恋を知った少女のような喜びと初々しさが溢れている。

夕食が終わったらすぐに飛んでゆくわ。B夫人はベッドにつかれます。彼女はとってもよくしてくれるのに、あなたのことをまだ何もお話ししていないのが心苦しい。でも、あなたが好きでたまらない。人を愛することに悪いことは何もないと思うの。
植え込みの側から、あなたの所にまいります。

目を覚ましてすぐにあなたのお優しいお手紙を読み返し、愛し愛される喜びをかみしめることは、なんと心地よいことなのでしょう。あなたのお手紙はわたしの幸せ、お手紙を受け取らずにはもういられません。

エミリのサン・ランベールへの愛にはどんな計算も介在していなかった。その腕に抱かれる陶酔は、いっとき、完成を急がねばならないニュートンの大著『自然哲学の数学的原理』の解説のことさえ忘れさせた。だが、サン・ランベールのほうは、これほどまで自分に惚れこんでいる女の傍にいても、頭はブフレール夫人のことでいっぱいだった。

四六時中エミリにつきまとわれて、なかなかブフレール夫人に接近することができなかったが、サン・ランベールはようやくエミリの目を盗んで彼女の部屋にやってきた。ブフレール夫人が嫉妬心をおこしてくれることを密かに期待しながら、いささか自慢げにエミリとのことを打ち明ける。

「けっして彼女に惹かれているわけではありません。でも、自分の腕に飛び込んでくる女を拒絶するなんて、そんな失礼なことがぼくにはできなかったのですよ」

だが、サン・ランベールは見当違いをしていた。ブフレール夫人は自尊心を傷つけられるどころか、「まあ、すばらしい！　きっとうまくいくわ！」と大喜びしてくれたのだ。

いまや彼女は新しい恋人アデマールに夢中で、サン・ランベールは邪魔者でしかなくなっていた。その男を引き受けてくれたのだから、エミリに対して感謝の気持ちこそあれ、嫉妬心などおこしようがなかった。

ブフレール夫人はさっそくエミリに会いに行った。

「彼がぜんぶ話してくれたの。おふたりの愛を祝福しますわ。とってもいい贈り物をしたいの」

ブフレール夫人はそれまでサン・ランベールとの逢引きのために使っていた秘密の小さな部屋を、二人のために空けてくれたのだ。夫人はサン・ランベールをそこに寝泊まりさせる手はずをとった。夢のような幸せ！　エミリは彼に生涯の愛を誓った。

だが、この小さな部屋で、サン・ランベールは病気になり、熱を出して寝込んでしまう。エミリは従僕に手紙をもたせて、彼の部屋におくる。

「お茶をもってゆかせますから、薄めにして、うんと熱いのをたっぷり飲んでくださいね。熱が上がることはないわ、汗がたくさん出るでしょうから……」

こまごまと注意するだけでは足りず、サン・ランベールに一日に四通も手紙を書き、スープを持ってゆかせ、お茶を二度も運ばせて、従僕をへとへとにさせた。夜、みんなが寝静まったあと、エミリはしのび足でやってきて、いとしい人の寝顔を見守り、そしてあれこれと世話をやいて帰ってゆく。

数日してサン・ランベールは回復したものの、そのときから彼のエミリに対する態度はよそよそしくなった。一緒にいてもやさしい言葉ひとつかけてくれないし、誰もいないときでも、なかなか会いにきてくれない。

サン・ランベールはエミリのあまりの熱烈さに恐れをなしたのだった。彼はブフレール夫人に嫉妬心をおこさせようとしただけなのに、エミリに縛りつけられるという結果を招いてしまった。彼女にやさしくされればされるほど、彼は困りはてるばかりで、その困惑が冷淡な態度としてあらわれた。

エミリは彼の気持ちの変化を敏感に察知した。悲しみ、怒り、非難を浴びせたかと思うと、愛しすぎた自分が間違っていたのだと謝る。抑えられない嵐のような愛が、彼女の手紙をしばしば支離滅裂なものにしていた。

『幸福論』を書いたとき、女の情熱の激しさを知って嫌にならない男はいない、と彼女は論じていた。それは、過去における自分の経験を冷静に分析して得た結論だった。だが彼女はふたたび同じことを繰り返していた。

サン・ランベールはきっとわたしを愛している、そう信じようとしても、どうしても心から幻想をいだくことはできなかった。愛すれば愛するほど、彼が遠ざかっていくことも知っていた。だが、何をするにも過剰にしかできないのが、エミリという女である。

ヴォルテールの怒り

当初二月いっぱいの予定だった滞在を四月末までのばし、興奮と幸福と悲愴と哀れが錯綜する日々をおくったリュネヴィル城を去る時がやってきた。エミリもヴォルテールも仕事に戻らなければならなかった。エミリは恋人との別離を悲しみ、逆にヴォルテールはパリにいるルイーズとの再会を密かに期待しながら、ふたりは仲良く旅立った。

エミリはまずシレー城に立ち寄って二週間ほど滞在し、それからパリに戻った。旅の途にあっても、彼女はせっせとサン・ランベールに手紙を書きおくった。返事がこないと、もっと長い手紙を書く。ようやく返事がきたかと思うと、ほんの数行、それでも彼女はあきらめない。

サン・ランベールのほうは、エミリの熱情が自分をいったいどこに連れていくのか不安になりはじめていた。このあまりに激しすぎる愛を断ちきることを常に考えていたが、かといって何事につけ劇的なことを好まない彼は、きっぱりと決別することもできず、ずるずると引きずられていた。

サン・ランベールは破綻を想像していたが、やがてやってこようとしていたのは、彼が予感していたのとは、まったく異なる破局なのである。

夏になって、サン・ランベールとの再会のチャンスが訪れた。スタニスラス王から、宮廷に活気をあたえてくれたエミリとヴォルテールに、ぜひまた来てほしいという招待がとどいたのだ。

こんどは、スタニスラス王のもうひとつの居城、コメルシー城で夏をすごし、その後リュネヴィル城に行くことになっていた。

コメルシーでは、エミリには一階の中庭に面した部屋、ヴォルテールには三階の部屋があたえられた。旧都ナンシーの軍隊にいるサン・ランベールがコメルシーにやってくるとき寝泊まりするのは、城のすぐそばの司祭館の一室である。司祭館はオレンジ園に隣接していて、そこを通りぬけると城の庭園に達する。

この通路は、かつてサン・ランベールとブフレール夫人との逢引きに使われていた。彼の部屋からブフレール夫人の衣装小部屋の窓が見える。その窓に小さなランプの灯が見えれば、王が彼女の部屋にいる、というサイン。王が自分の部屋に引き上げてゆくと、灯が消える。それを合図に、サン・ランベールは部屋を出て、手探りでオレンジ園を通りぬけて、彼女の部屋に忍び込むのだ。

こんどは、エミリがこの秘密の通路を利用する番だった。ブフレール夫人のところでディナーを終えると、エミリは、「彼女とお話があるの」と言って居残り、みんなが引き上げた後、オレンジ園側のドアからこっそり抜け出して、司祭館のサン・ランベールのところに飛んでゆく。司祭はまことに物分かりのよい男で、すべてお見通しでいながら、知らん顔をしていてくれる。

前回と同じように、エミリとヴォルテールは芝居やオペラを演じたり、詩の朗読をしたりして、スタニスラス王と宮廷人を楽しませるために大活躍した。エミリは夫シャトレ侯爵の司令官の地位を獲得するために、一生懸命に王に取り入ろうとする。ヴォルテールもそれに協力して、王にいちばん影響力のあるブフレール夫人のご機嫌をとり、シャトレ侯爵がポストを得られるよう王に働きかけてくれ、と依頼する。

なんとも珍妙な人間関係。エミリは新しい恋人サン・ランベールに夢中になりながらも、夫のために奮闘し、それに協力しているのが、もとの恋人ヴォルテールなのだ。

エミリはふたたび幸せに浸っていた。サン・ランベールに毎日会うことができ、宮廷の劇場でおこなわれる芝居ではヒロインを演じて大喝采をあびる。ちょうど日食の時期にあたっていて、その現象がおこったとき、天文学的にその原因を解説してみせ、彼女の学識の深さは宮廷人をうならせた。

嬉しさのあまり、エミリはサン・ランベールとの仲を秘密にしておくための警戒心さえ失っていた。夜の逢瀬だけではもう満足できず、夕食前のひとときを、ふたりっきりで過ごしたくて、彼を自分の部屋に招くようになった。

そして、ある日、ドラマはおこった。

その日、夕食前に、ヴォルテールはエミリの部屋に立ち寄ろうと思った。ドアは開いていたので中に入っていくと、そこにはエミリと一緒にサン・ランベールがいて、ふたりは否定しようのない状況にあった。

ヴォルテールは何も言わずに出ていくと、まっすぐに従僕ロンシャンのところに行った。

「すぐにパリまでの馬車を見つけてくれ。それから、体の具合が悪いので夕食はとらないと伝えてくれ」

ロンシャンは、何かがあったな、とすぐ察知し、エミリのもとに駆けつけて事情を話す。

「そんなことをしたら取り返しがつかなくなるわ。探すふりをするために町まで行って、馬車は見つからなかったと言ってくださらないかしら」

ロンシャンはその通りにしたが、ヴォルテールはおさまらない。財布をポンと渡した。

「夜が明けたら、この金を持って馬でナンシーまで行って、なんでもいいから馬車をつれてきてくれ」

ロンシャンはまたエミリのところに報告に戻る。

「わかったわ、わたくしが行きます」

午前二時、ヴォルテールはベッドに入っていたが、ロンシャンがドアをノックして、エミリを導き入れた。彼女は何事もなかった様子でヴォルテールのベッドの足のほうに腰をかけた。従僕の手前、エミリとヴォルテールは英語で話していたが、その口調は激しいものではなく、ふたりが交わす視線がすべてを物語っていた。ロンシャンはふたりの和解を納得した。

一時はかっときたものの、結局ヴォルテールは、エミリとサン・ランベールの仲を認めた。というよりも、認めざるをえなかった。ずっと前から彼女はヴォルテールにとって愛人というよりも、親しい友人だった。愛の終焉にエミリが苦しんだことを、ヴォルテールが知らずにいたわけではなかった。

ヴォルテールに新しい恋人がいることを知ったとき、エミリは傷心した。こんどは、サン・ランベールのことでヴォルテールが淋しい思いをする番だった。それでも、エミリもヴォルテールもお互いに相手を必要としていることには変わりなかった。

破局のプレリュード

ヴォルテールがエミリとサン・ランベールとの関係を受け入れたからといって、サン・ランベールのエミリに対する愛が深まったわけではなく、彼はあいかわらず彼女から逃げ出そうとしながらも、優柔不断な態度をとっていた。だが、夫シャトレ侯爵のポストの件では進展があった。エミリが望んだ司令官は無理だったが、そのかわり夫は軍曹に任命されることになった。

そんな悲喜劇を演じながら、エミリとヴォルテールは、スタニスラス王の陽気な一団と行動をともにした後、一七四八年の暮、またシレー城に戻ってきた。シレーで数日休養をとってパリに発つつもりだった。『自然哲学の数学的原理』の翻訳と解説は完成に近づいていて、最後のしあげにはパリに行く必要があった。

だが、パリ行きの準備は整ったのに、エミリは悲しげな顔をして沈み込んでいる。ヴォルテールと違って病気などめったにしないエミリなのに、顔色がすぐれず、体調もよくないようだ。いつもと様子があまり違うので、ヴォルテールは怪訝に思った。何か言いたげだが、彼女らしくなく、ぐずぐずしている。問い詰めると、ついに告白した。

「妊娠したらしいの」

「何だって！」

「その歳で！」という言葉が喉から出かかったが、ぐっと呑み込んだ。ことは重大だ、皮肉を言っている場合ではない。

既婚女性の恋愛がいかに堂々とおこなわれていた時代とはいえ、非嫡出子を産むとなると話は別だ。それはシャトレ家全体にかかわることであり、エミリだけでなくシャトレ侯爵をも窮地に立たせることになる。

早急に手をうたなければならない。対策をとるためにも、サン・ランベールを呼び寄せる必要があった。彼はすぐにやってきた。

エミリとヴォルテールとサン・ランベールが頭をつき合わせて、まず考えたことは、外国に行ってこっそり出産することだった。だが、それはあまりの冒険だし、いずれ秘密はもれてしまうだろう。

残る手段は、シャトレ侯爵がエミリのお腹の子を自分の子として認めざるをえない状況をつくりだすことだ。なにしろ夫妻は十年以上もベッドをともにしたことがなかった。こんなときに悪知恵がはたらくのが、ヴォルテールだ。

シャトレ侯爵をシレー城に招いて、大がかりな祝宴を催すことになった。土地係争の示談がシャトレ家にもたらした収入を祝うという口実をもうけた。

シレー城に着いたとき、侯爵は目をまるくした。城は無数のランプに照らされ、近隣からきた人たちで賑わい、まるで十五年前の華やかさを取り戻したかのようであった。集まった人びとはつぎつぎに侯爵に祝福の言葉をおくった。

まもなく豪華な晩餐がはじまる。シャトレ侯爵はシレー城でかつてこれほどの歓迎をうけたことがなかった。これまでシレー城のテーブルではニュートンだのロックだのといった眠くなるような話ばかりしていたのに、その日に限って軍事作戦が話題にのぼった。軍事的壮挙となるとシャトレ侯爵は自慢話に事欠かない。

侯爵は上機嫌で、話がはずむにつれて、もう一杯もう一杯とさかずきをかさね、晩餐が終わるころには完全に酩酊状態で、従僕たちにベッドにはこばれた。翌朝目がさめると、そこは妻のベッドの中で、横ではエミリが少し恥ずかしそうに笑っている。

翌日も、翌々日も同じように大騒ぎをして、妻のベッドで眠った。そんなふうにして三週間が過ぎたとき、もしかしたら妊娠したかもしれない、妻は夫にそう告げる。シャトレ侯爵は大喜びで、そのことを城内にふれまわり、意気揚々と軍隊に帰っていった。

お祭り騒ぎが終わると、シレー城はふたたび急に淋しくなった。サン・ランベールはほっとして、そそくさとシレーを去っていったが、エミリは心が晴れることはなかった。彼はもうわたしを愛していない、いくら振り払おうとしても、そんな思いが波のようにおしよせてくる。

絶望のなかの歓喜

だが、ヴォルテールとともにパリに戻ったエミリは、微積分法を用いたニュートン理論の解説の完成を急がなければならなかった。リュネヴィル城で失った時間の重みを、いまさらのようにずっしりと感じとっていた。何かの予感がもう一刻の猶予もないような気持ちにさせていた。

『自然哲学の数学的原理』のフランス語訳と解説の完成は、第一線の科学者たちに待たれており、彼女はそのことを十分に自覚していた。

この仕事はわたしにしかできない。

仕事は終盤にかかっていた。あらゆる社交から身を引き、親しい友人の招待も全部断って、数字や記号で埋められた紙が乱雑に積み上げられた机の前に座りっぱなしの毎日がつづいた。

身重の体をかかえ、愛に悶えながら、エミリは超人的な力を発揮した。ほとんど殺人的とも言えるハードスケジュールの中で、彼女の頭脳はさえわたっていた。

朝九時に机にむかうと、昼食はとらずに、午後三時までぶっつづけで仕事する。三時から四時まで休憩、それからまた仕事にかかり、夜十時まで続行する。十時にとる夕食にはヴォルテールが同伴してくれ、十二時までふたりでおしゃべりをする。深夜に仕事を再開すると、夜どおし机から離れず、東の空が白み、窓のカーテンから朝日が差しこむときになって、はじめてベッドに入る。そして、わずかの睡眠をとると、もう机に向かっている。

それほど仕事に没頭しながらも、エミリはほとんど感動的なほどの執拗さでサン・ランベールに手紙を綴る。

どうしてお手紙をくださらないの。わたしは気が狂うほどあなたが好きなのに。あなたの意に逆らっても、わたし自身の意に逆らってさえも、あなたを愛さずにはいられない。わたしはここで絶望の淵にいます。二十四時間のうち十八時間仕事をしているのですもの。すべてを放り投げて、あなたのところに飛んでゆけたらどんなに幸せでしょう。

しじゅう体調不順に悩まされ、体が熱っぽい。ときどきすべてを放棄したくなる。しかし、たとえ愛ゆえに狂い死にしようとも、仕事を放り出すことはどうしてもできない。このニュートンの仕事は十五年間の科学研究の集大成だった。フランスの科学界にとって大きな貢献となることは間違いない。

そろそろ腹部が目立ちはじめたが、彼女は仕事の手をやすめなかった。

だが、出産の場所のことも考えなければならない。ようやくサン・ランベールからやさしい手紙がきて、リュネヴィルまで行って、愛する人の傍で出産することに決めた。スタニスラス王もこれに同意し、エミリのために部屋を用意することを約束した。

五月もすぎようとしていた。出産の予定は九月である。できることなら、今すぐにでもリュネヴィルに行ってしまいたい、だが、ニュートン理論解説のためのクレローとの共同研究にけりがつくまでは、それはできない。

出産が近づけば近づくほど仕事に熱が入り、もう彼女はほとんど寝ていなかった。この作品を完成させなければならないという鉄の意志が彼女の体調を回復させた。死に直面した人が最後の力を振りしぼっているような悲壮感のなかにも、仕事の達成を目前にした快感があった。ヴォルテールはかつてなかったほどエミリに優しかった。

エミリはサン・ランベールに手紙を書きつづける。

> もう三か月でわたしは出産します。ここではxやyの記号ばかりの生活をしております。わたしの魂はわたしを離れてあなたのところに飛んで行く。もし、あなたが昔のままなら、死んでもいいと思うほど嬉しい。

いよいよリュネヴィル城に出発することになった。無理な旅は避けたほうがよいので、途中でシレー城に立ちより、二、三日休養して、それからまた旅をつづけることにした。旅はヴォルテールと一緒だが、エミリはサン・ランベールにぜひシレー城まで迎えにきてほしいと懇願し、彼は来ると言ったり来ないとごねたりしたが、結局来てくれた。シャトレ侯爵も妻を迎えにシレー城にやってきた。

こうしてシレー城に、エミリとともに、夫シャトレ侯爵、愛人サン・ランベール、もとの愛人ヴォルテールという三人の男が顔をそろえることになった。

リュネヴィル城に到着したとき、彼女は少しばかり身体と心の安らぎを得たように感じた。朝、気分のよいときには、サン・ランベールの腕にすがって庭園をあるきまわった。だが、その腕に彼の愛を感じ取ることはもはやできない。彼女はほとんど絶望的な気持ちで、サン・ランベールの目の中に愛をみつけようとするが、その目はすでに何も語らない。それでもエミリは諦めようとせず、とうの昔に消えうせた愛の幻想に懸命になってしがみついていた。

二つの情熱に生きた女

出産間近になって、彼女は何か宿命的な考えにでもとりつかれたように、身辺を整理したり、ヴォルテールからの手紙を焼却したりした。サン・ランベールに書いた手紙も処分しておきたかった。

お願いだから、これまでわたしが書いた手紙を返してください。

彼女はそう懇願したが、なぜかサン・ランベールはその要求に応じなかった。おかげで、彼女の手紙が現在まで保存されることになったのだが。

臨月が近くなっても、深夜に仕事をはじめて明け方までつづけるという日課はやめなかった。愛を失っても、最後まで彼女をささえたのは、学究への情熱だった。身体は疲れきっているのに、その頭脳は驚異的な明晰さで回転していた。エミリはほとんど幸福感さえ味わっていた。

秋風のたちはじめたある夜、エミリはいつものように書斎の机にむかっていた。仕事はほぼ完成していた。ペンを置いて、深く息を吸いこむと、ひとつの充足感が全身をみたした。

突然、陣痛がはじまり、彼女はメイドをよぶために鈴を鳴らした。とんできたメイドは赤ん坊をとりあげるのにようやく間に合い、生まれた子は幾何学の本の上にのせられた。女の子だった。

赤ん坊をメイドにゆだねると、エミリは自分で書類をきちんと片づけ、駆けつけた人たちに助けられて、ベッドについた。

四日がすぎた。安堵したのか、人びとに見守られて横たわるエミリは、幸せそうにみえた。産後の経過も悪くないようだった。赤ん坊は乳母の手にあずけられていた。寝室にはシュンシュンという湯沸しの音だけがしていて、穏やかな静寂がリュネヴィル城をつつんでいた。ヴォルテールやシャトレ侯爵やサン・ランベールが、ときどき見舞いにやってくる。

五日目、急に熱がでてきた。産褥《さんじょく》熱である。エミリはしきりに喉の渇きを訴え、冷たいシロップ水をほしがった。

「お体によくありませんわ」

メイドは思いとどまらせようとするが、エミリはどうしても飲みたいと言う。言い出したらあとに引かない彼女の性質をよく知っているメイドは、しかたなしにシロップ水のコップをもってきた。エミリはおいしそうに飲んで、一息ついたかにみえた。が、とたんに表情が苦しそうになり、息づかいが荒くなった。

すぐにスタニスラス王の侍医が呼ばれて、懸命に治療にあたり、容体はいったん落ち着いた。けれど、翌朝になって、エミリはまた呼吸困難におちいった。こんどは旧都ナンシーから定評ある医者を呼んで、薬を処方してもらい、病人は少し楽になったようだった。ヴォルテールもシャトレ侯爵も、エミリの様子を見守っていた。

彼女はまだ苦しげだったが、意識は鮮明で、はっきりとした口調で言った。

「ニュートンの解説の原稿を持ってきてくださらないかしら」

手渡された草稿に、彼女は、「一九四九年九月十日」、と日付をしるした。運命を予感していたのであろうか。

夕方になって、エミリがうとうとしはじめたので、あとはメイドと従僕ロンシャンにまかせて、みんな引きあげていった。少しして、サン・ランベールがエミリの寝室に顔をみせた。

ブフレール夫人の部屋では、ヴォルテールやシャトレ侯爵も加わって賑やかなディナーがはじまっていた。

突然、エミリの口からあえぎ声のような音がもれた。サン・ランベールとメイドがあわてて駆けよると、彼女はすでに意識を失っていた。前髪をひっぱったり、足をゆすったりしたが、反応がない。急報をうけてヴォルテールとシャトレ侯爵が駆けつけたときには、エミリは息をひきとった後だった。

四十三歳の誕生日を前にして、火のような彼女の生涯に幕がおりたのであった。

ヴォルテールは椅子にへたりこみ、突然たちあがると、ふらふらと部屋を出た。ロンシャンが彼に付き添い、サン・ランベールが後からついてきた。ヴォルテールはドアを開けて外に飛び出すと、ものすごい勢いで階段を駆け下りて、最後の段でつまずき、見張り所の前にころげていった。そのまま起きあがろうともせずに、舗石に頭をぶつけた。

ロンシャンに助けおこされて、彼は、近寄ってきたサン・ランベールにむかって泣きながら叫んだ。

「彼女を殺したのはあなただ！」

それから、数日して、生まれた赤ん坊も母親の後を追うように息をひきとった。


ヴォルテールは、十五年間、彼女と生活を共にしたシレー城から、ただちに自分の所持品や書類のいっさいがっさいを運び去った。思い出が詰まったこの城は、足を踏み入れるだけでもあまりにも悲しすぎた。

パリにもどると、ヴォルテールは寝込んでしまった。誰にも会わず、何週間も閉じこもったままだった。恋人ルイーズの存在も、この悲しみを慰めてはくれなかった。

夜な夜な、ふいに起き上がると、まるでエミリの亡霊でも追うように部屋から部屋をかけずりまわったりした。ある夜、ヴォルテールは起き上がって入り口ホールまでふらふらと歩いてゆき、シレー城から運びこまれた書物の包みにぶつかって倒れて、そのまま動けなくなり、ロンシャンに助けられて、ようやくベッドに戻った。

日がたつにつれて、悲嘆はかえって激しさを増し、彼はすっかり衰弱してしまった。エミリの死の悲しみからヴォルテールが立ち直るのには、長い時間が必要であった。

ヴォルテールは、その生涯において幾人もの愛人をもったが、エミリほど強い絆で結ばれた女はほかにはいなかった。

愛と学究、それは生涯をつうじてエミリに生きる喜びをあたえた二つの情熱だったが、彼女の命を奪ったのも、この二つの情熱であった。情熱、それは彼女の生であり、そして死であった。そのような死を、不幸と呼ぶことができるだろうか。

シャトレ夫人がフランス語に翻訳し解説したニュートンの『自然哲学の数学的原理』（プリンキピア）が出版されたのは、彼女の死から十年を経た一七五九年であった。それから二百五十年近くたった現在も、彼女の訳書はフランスにおいて復刻され、市販されている。翻訳書が古典的価値をもつにいたった稀なケースのひとつである。

その序文の中で、ヴォルテールはシャトレ夫人をたたえ、こう書いている。

「ふたつの驚異がなされた。ひとつは、ニュートンがこの著作をあらわしたことであり、もうひとつは、ひとりの女性がそれを翻訳し、解明したことである」

望遠鏡を挟んで議論しあうエミリとヴォルテール。ふたりはエミリの最期まで、「神」について、「宇宙」について、「人間」について語りあえるかけがえのない伴侶でありつづけた

あとがき

恋愛の情熱と学問への愛は、人を幸福にする。最大の幸せをあたえてくれるのは愛だが、その幸せは、他人に依存している。これに対して、学問の喜びは自分自身にしか依存していない。学問は不幸にならないためのもっとも確実な手段だ。

シャトレ夫人（エミリ）は『幸福論』の中でそんなことを言っている。

エミリは、学問においても恋においても遊びにおいても、激しい情熱につきうごかされ、並外れたエネルギーを投入し、飽くことなく喜びを求めた。そんな彼女の快楽主義《エピキュリスム》的側面は、長いあいだ、どちらかといえば否定的にとらえられてきた。

だが、いまは違う。彼女の考え方や生き方は、むしろ二十一世紀に生きる私たちの共感をさそう。

豊かさと、あらゆる娯楽にかこまれ、膨大な情報の渦の中に生きる現代人は、心のどこかに埋めることのできない空虚をかかえながらも、それを表現する言葉をもたないまま、明るさを演じている。

エミリは、心の中に生じる空隙にしじゅう悩まされながら生きた女だったが、自分が何を求めているのかを常に知っており、いったん目標を定めるとどこまでも追求する強靭な意志力と、それを率直に語る言葉をもっていた。幸福であろうとする彼女の真摯さに胸を打たれるものがあるのは、このためだ。

愛を失ったとき、エミリをささえたのは学問への情熱だったが、裏返せば、科学者として飛躍を遂げるときには、常に愛の喪失があった。四十二歳で得た最後の恋人サン・ランベールへの愛は、狂気のように激しいものだったが、結局は、恋人との逢瀬よりも、ニュートンの大著『自然哲学の数学的原理』（プリンキピア）の翻訳と解説を完成させることのほうを優先させた。

エミリの人間的魅力は、かつて愛人だった男たちを、かけがえのない友とすることに成功していたことの中にうかがうことができる。

天下の放蕩者リシュリュー公は心を打ち明けることのできる友となり、エミリがさんざん追いかけ回した数学者モーペルチュイは物理学の問題について心おきなく議論できる同僚科学者となった。ヴォルテールとの愛が終わったあとも、ふたりの知的絆は弱まることはなかった。エミリが他界したとき、彼は「二十年来の友」を失った絶望感を何人もの知人にせつせつと訴えている。

シャトレ夫人が生きた十八世紀は、女の時代にして科学の時代だった。

ゴンクール兄弟は、その著作『十八世紀の女性』の中で、この時代、女がどれほどの社会的影響力をもちえたかを語り、こう書いている。

「十八世紀の女性は、統治する原則であり、導く理性であり、指令する声であった。女性は、普遍的・必然的な原因であり、さまざまな出来事の起点であり、ものごとの源泉だった」

女性は自分たちの規則に男性を従わせ、政治を動かし、文学や芸術の審判者となった。だが、女の勢力がどれほど強大なものであろうと、文学者も芸術家も科学者も政治家もあくまでも男、つまり主役は男であったことには変わりなく、彼女たちの権力は男を介して行使されたのだった。

シャトレ夫人はそんな中でみずから主役であろうとした数少ない女のひとりだった。

エミリの生きた時代に、科学熱がどれほど知的世界を席捲していたかを示す格好な例として、一七三五年四月、ヴォルテールが親しい友人に宛てたこんな手紙が残っている。

「パリでは詩などほとんど流行遅れになってしまいました。誰もが幾何学や物理学に乗り出しています。われもわれもと論理的言説に首を突っこんでいる。感情や想像力や優美は追放されてしまいました」

こうした科学に対する熱狂は、科学界の出来事というよりも、ひとつの社会現象であった。この科学熱は十七世紀後半ころからはじまっているが、それがピークに達したのは、おそらく一七三〇年から一七四〇年ころにかけてだろう。

だが、エミリが科学者としての自己を確立するのは、科学ブームが下火になりはじめていたときだった。彼女は、その千三百年あまり前、アレクサンドリアの高名な女性数学者ヒュパティアが惨殺されて以来、はじめてあらわれた本格的な科学的知識を身につけた女だった。

エミリが仏訳し解説したニュートンの『自然哲学の数学的原理』は、出版されてから二五〇年近く経た現在も復刻され市販されている。シャトレ夫人のこの歴史的作品は、ただの翻訳にすぎないと言ってしまえばそれまでだが、ここで考慮しなければならないのは、翻訳という仕事に対する評価が歴史的に変遷していることだ。

十六世紀ルネサンスの時代、ギリシア・ラテンの古典の翻訳は著作以上の権威をもっていた。だが、古代への憧憬がうすれ、進歩に対する信仰が広がるにつれて、翻訳の地位はしだいに低下してゆく。

十七世紀末、翻訳がなお威信をもちえた最後の時代の大翻訳家は、ギリシア・ラテン語学者ダシエ夫人であった。フランスにおいて、シャトレ夫人の前に登場した最大の女性学者が、このダシエ夫人なのだ。彼女が、その最高傑作、ホメロスの『イリアス』と『オデュッセイア』の仏訳を出したとき（この翻訳はかの有名な新旧論争の引き金となるが、ここでそれに言及するのは控えたい）、エミリは、五、六歳の女の子だった。

徹底した理系少女だったエミリが、外国語の勉強に大変な意欲をみせたのは、たぶん偶然ではないだろう。

大翻訳家ダシエ夫人というモデルが存在したことと、ラテン語で書かれた『自然哲学の数学的原理』が科学者にとってさえきわめて接近しにくい著作であったことを考え合わせれば、シャトレ夫人にとって、この大著の翻訳と解説という仕事は、現在の価値観から想像しうるよりはるかに野心的な企てだったに違いない。

フランスでは、シャトレ夫人について多くのことが語られてきた。小説化されたもの、コント風のものから評伝や研究論文にいたるまで、そのジャンルも幅広い。彼女はいまなお人びとの興味をひきつけて止まないのだ。

なお、人名表記について一言お断りしておきたい。「シャトレ侯爵夫人」は、本来なら貴族の称号をつけて「デュ・シャトレ」とすべきところだが、カタカナ語としての発音のしやすさを優先させ、「シャトレ」としたことをご了承いただきたい。また、ポーランド出身のルイ十五世妃マリー・レクザンスカとその父親スタニスラス(ロレーヌ公)の名前の表記については、原語の音をとるべきか迷ったが、フランス語の発音にしたがうことにした。

わたしがはじめてシャトレ夫人と出会ったのは、『翻訳史のプロムナード』(一九九三年)を執筆していたときだった。それ以来、彼女について書こうと思いつつ今になってしまった。

当初からこの企画に同意してくださり、励ましてくださった新評論の二瓶一郎氏に、お詫びするとともに、深く感謝いたします。

末尾ながら、本書執筆に際して、さまざまな個所で懇切丁寧な指摘と助言をしてくださった編集者の吉住亜矢さんに心からお礼もうしあげます。

二〇〇四年六月

辻　由美

参考文献

●これまで日本語で出版されたシャトレ侯爵夫人に関連する著作・論文・記事

アンドレ・モロワ／生島遼一訳『ヴォルテール』創元社、一九四六

小倉金之助「ヴォルテールの恋人——デュ・シャトゥレー夫人の生涯」(『中央公論』一九五二・七)

高橋安光『ヴォルテールの世界』未來社、一九七九

エリザベート・バダンテール／中島ひかる・武田満里子訳『ふたりのエミリー——十八世紀における女性の野心』筑摩書房、一九八七

『ヴォルテール回想録』福鎌忠恕訳、大修館書店、一九八九

ロンダ・シービンガー／小川眞里子・藤岡伸子・家田貴子訳『科学史から消された女性たち』工作舎、一九九二

辻由美『翻訳史のプロムナード』みすず書房、一九九三

小山慶太『道楽科学者列伝——近代西欧科学の原風景』中公新書、中央公論新社、一九九七

川島慶子「デュ・シャトレ夫人とヴォルテールの『化学』研究：『火の本性と伝播についての論考』」(『化学史研究』化学史学会、一九九八・二)

マーガレット・アーリック／上平初穂・上平恒・荒川泓訳『男装の科学者たち——ヒュパティアからマリー・キュリーへ』北海道大学図書刊行会、一九九九

辻由美『図書館であそぼう——知的発見のすすめ』講談社現代新書、講談社、一九九九

川島慶子「デュ・シャトレ夫人の『物理学教程』（一七四〇）に見る啓蒙期のジェンダー問題」（『女性学研究』大阪大学女性学研究センター、二〇〇二・十二）
――「科学を『書く』女――エミリー・デュ・シャトレと『物理学教程』の誕生」（『現代思想』二八〔二〕、青土社、二〇〇二）
――「科学史入門：光の世紀の才女達――十八世紀のフランスで科学を求めた女性達」（『科学史研究』科学史研究編集委員会、二〇〇三・秋）
赤木昭三・赤木富美子『サロンの思想史――デカルトから啓蒙思想へ』名古屋大学出版会、二〇〇三

●本書執筆にあたって参照した主な文献

〔シャトレ侯爵夫人（Émilie du Châtelet）の著作〕

Lettres de Madame du Châtelet, Augmentées de 38 Lettres Entièrement Inédites, G. Charpentier, 1878
Lettres d'Amour au Marquis de Saint-Lambert, Textes présentés par Anne Soprani, Paris-Méditerranée, 1997
De la Nature et de la Propagation du Feu, 5 Mémoires pour L'Académie des Sciences, 1738
Dissertation sur la Nature et la Propagation du Feu, Prault, Fils, 1744
Institutions de Physique, Prault, Fils, 1740
*Réponse de Mme *** à la Lettre de M. de Mairan sur la Question des Forces Vives*, Foppens, 1741
Isaac Newton, Principes Mathématiques de la Philosophie Naturelle, 1759, Réédition 1990, Jacques Gabay
Discours sur le Bonheur, Édition critique et commentée par Robert Mauzi, Les Belles Lettres, 1961
I.O.Wade, *Studies on Voltaire With Some Unpublished Papers of Mme du Châtelet*, Princeton University Press, 1947

〔ヴォルテール（Voltaire）の著作〕

Théâtre du Dix-Huitième Siècle 1, Textes choisis, établis, présentés par Jacques Truchet, Gallimard, 1972

Œuvres complètes de Voltaire, Tomes 7,9,23,32,33,34,35, Hachette, 1889–1897

『哲学書簡――イギリス書簡』林達夫訳、岩波書店、一九五一（岩波文庫一九八〇）

〔評伝・歴史書・回想録・科学思想書など〕

Longchamp, *Voltaire et Mme du Châtelet - Révélations*, manuscrit et pièces inédites publiés avec commentaires et notes historiques, par D'Albanes Haward, 1863

Louise Colet, *Mme* du Châtelet, *Romans populaires illustrés,* 1863

André Maurel, *La Marquise du Châtelet, Amie de Voltaire*, Hachette, 1930

René Vaillot, *Madame du Châtelet*, Albin Michel, 1978

Élisabeth Badinter, *Émilie, Émilie ou l'ambition féminine au XVIIIe siècle*, Flammarion, 1983（邦訳『ふたりのエミリー』）

René Vaillot, *Avec Mme du Châtelet*, Voltaire Foundation, Taylor Institution, 1988

Gilbert Mercier, *Madame Voltaire*, Éditions de Fallois, 2001

Œuvres complète de Montesquieu, tome 3, Hachette, 1903

Édmond et Jules de Goncourt, *La Femme au Dix-huitième Siècle*, Préface d'Élisabeth Badinter, Flammarion, 1982（邦訳『ゴンクール兄弟の見た十八世紀の女性』鈴木豊訳、平凡社、一九九四）

François Bluche, *La Vie Quotidienne de la Noblesse Française au XVIIIe Siècle*, Hachette, 1973

Olivier Grussi, *La Vie Quotidienne des Joueurs sous L'Ancien Régime à Paris et à la Cour*, Hachette, 1985

Benedetta Craveri, *L'Age de La Conversation*, Gallimard, 2001

Correspondance de Mme de Graffigny, Tome 1, The Voltaire Foundation, Taylor Institution, 1985
Correspondance Complète de la Marquise du Deffand, Tomes 1,2, Slatkine Reprints, 1989
René Bastien, *Histoire de la Lorraine*, Serpenoise, 1998
René Descartes, *Discours de la Méthode*, Flammarion, 1966
ジョン・ロック／大槻春彦訳『人間知性論』㈠、㈡、岩波書店、一九七二、一九七四
ベルナール・ル・ボヴィエ・ド・フォントネル／赤木昭三訳『世界の複数性についての対話』工作舎、一九九二
アイザック・ニュートン／中野猿人訳『プリンシピア　自然哲学の数学的原理』講談社、一九七七
『ライプニッツ論文集』園田義道訳、日清堂書店、一九七六
René Taton, *Hitoire Générale des Sciences*, Tome 2, PUF, 1969
Pierre Brunet, *Maupertuis : Étude Biographique*, Blanchard, 1929
Lucian Boia, *L'Exploration Imaginaire de l'Espace*, La Découverte, 1987

著者紹介

辻《つじ》 由美《ゆみ》

作家・翻訳家。東京教育大学理学部修士課程修了後、パリに学ぶ。1996年、『世界の翻訳家たち』（新評論）で日本エッセイスト・クラブ賞受賞。著書：『若き祖父と老いた孫の物語』（新評論）、『図書館であそぼう』（講談社現代新書）、『カルト教団太陽寺院事件』（みすず書房、新潮ＯＨ！文庫）、『翻訳史のプロムナード』（みすず書房）。訳書：メイエール『中国女性の歴史』（白水社）、ジャコブ『内なる肖像』（みすず書房）、ダルモン『性的不能者裁判』（新評論）他多数。

火の女　シャトレ侯爵夫人
——18世紀フランス、希代の科学者の生涯　（検印廃止）

2004年７月31日　初版第１刷発行

著　者　辻　由　美
発行者　武　市　一　幸

発行所　株式会社　新　評　論

〒169-0051　東京都新宿区西早稲田3-16-28
電話　03(3202)7391
振替　00160-1-113487

定価はカバーに表示してあります
落丁・乱丁はお取替えします

印刷　新　栄　堂
製本　清水製本プラス紙工
装幀　山田英春＋根本貴美枝

ISBN4-7948-0639-6　C0023